诗词灵犀

南唐二主词汇笺

唐圭璋 笺注

人民文学出版社

图书在版编目(CIP)数据

南唐二主词汇笺/唐圭璋笺注.—北京：人民文学出版社,2023
(诗词灵犀)
ISBN 978-7-02-017204-7

Ⅰ.①南… Ⅱ.①唐… Ⅲ.①词(文学)—注释—中国—南唐 Ⅳ.①I222.843.2

中国版本图书馆 CIP 数据核字(2022)第 090999 号

责任编辑　胡文骏
责任校对　孟天阳
责任印制　任　祎

出版发行　人民文学出版社
社　　址　北京市朝内大街 166 号
邮政编码　100705

印　　刷　三河市鑫金马印装有限公司
经　　销　全国新华书店等

字　　数　93 千字
开　　本　880 毫米×1230 毫米　1/32
印　　张　6.75　插页 5
印　　数　1—6000
版　　次　2023 年 5 月北京第 1 版
印　　次　2023 年 5 月第 1 次印刷

书　　号　978-7-02-017204-7
定　　价　39.00 元

如有印装质量问题,请与本社图书销售中心调换。电话:010-65233595

唐圭璋先生(1938年摄于湖北宜昌)

唐圭璋先生与夫人尹孝曾

唐圭璋先生藏《南唐二主词汇笺》初版书影

唐圭璋先生藏《南唐二主词汇笺》扉页吴梅先生题签

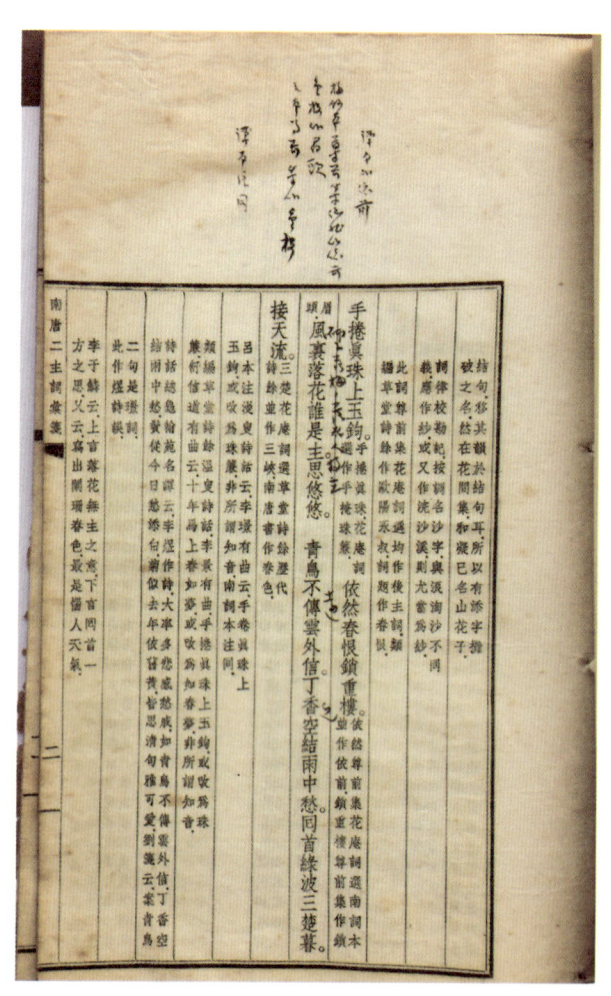

手捲真珠上玉鉤，依前春恨鎖重樓。風裏落花誰是主？思悠悠。

青鳥不傳雲外信，丁香空結雨中愁。回首綠波三楚暮，接天流。

〔調〕花庵詞選摭堂詞苑歷代詩餘南唐書作春恨。

〔一〕吕本注浣溪詩話云：李瑾有曲云「手捲真珠上玉鉤，依前春恨鎖重樓」，非所知音。蒲江詞本注同。

〔二〕顏師古匡謬正俗云李瑾詩復有曲云「手捲真珠上玉鉤，依前春恨鎖重樓」，非所知音。或改珠為簾，加春夢字即非所知音。

〔三〕詩話總龜苑紺珠集諸書譔名異，皆記李瑾作詩大率多悲悒感慨，如青鳥不傳雲外信，丁香空結雨中愁，同首綠波三楚暮可推。又如「去年依舊黃昏恨，清句雅可愛」到「蓬雲紫青」。

〔四〕二句起摟詞，此作怨詞。

〔五〕李于鱗云：上言蕪花無主之意，下言門首一方之思矣云「鴉窩開明珂春色」最是惱人天氣。

（手書批語）

唐圭璋先生藏《南唐二主詞匯箋》內頁，有唐先生手書批語。

目　录

导言（朱崇才）　　　　　　　　　〇〇一

赵序　　　　　　　　　　　　　　〇〇一
自序　　　　　　　　　　　　　　〇〇四
南唐二主年表　　　　　　　　　　〇〇六
　　附南唐二主世系　　　　　　　〇二二
南唐二主词总评　　　　　　　　　〇二三

应天长　　　　　　　　　　　　　〇二八
望远行　　　　　　　　　　　　　〇三〇
浣溪沙（二首）　　　　　　　　　〇三二
　　以上中主作。

虞美人　　　　　　　　　　　　　〇四〇
乌夜啼　　　　　　　　　　　　　〇四六
一斛珠　　　　　　　　　　　　　〇四七
子夜歌　　　　　　　　　　　　　〇四九
更漏子　　　　　　　　　　　　　〇五一
临江仙　　　　　　　　　　　　　〇五二

望江南各本连属不分,实当分为二首。	〇五六
清平乐	〇五八
采桑子	〇六〇
喜迁莺	〇六二
蝶恋花	〇六三
乌夜啼	〇六六
长相思	〇六八
捣练子令	〇七〇
浣溪沙	〇七三
菩萨蛮	〇七六
望江梅各本连属不分,实当分为二首。	〇八〇
菩萨蛮(二首)	〇八一
阮郎归	〇八三
浪淘沙	〇八七
采桑子	〇八九
虞美人	〇九一
玉楼春	〇九二
子夜歌	〇九六
谢新恩(六首)	〇九七
破阵子	一〇二
浪淘沙令	一〇六

以上各本次序皆同,惟谭本、吕本并多《捣练子》"云鬟乱"一首,盖从升庵《词林万选》增补。又《三李

目

录

词》别有后主《南歌子》"云鬟裁新绿"一首,恐系伪作。吕本于目录末注云:"案,陈氏《书录解题》曰:'中主李璟、后主李煜撰。卷首四阕,《应天长》、《望远行》各一,《浣溪沙》二。中主所作,重光尝书之,墨迹在盱江晁氏。题云'先皇御制歌词',余尝见之。于麦光纸上,作拨镫书,有晁景迂题字,今不知何在矣。余词皆重光作。'虞山吕远书。"又卷末注云:"万历庚申春日寿梓于墨华斋中,虞山吕远识。"

浣溪沙(二首)皆中主作。	一〇九
相见欢	一一二
更漏子	一一三
长相思	一一四
杨柳枝	一一五
后庭花破子	一一七
三台令	一一八
捣练子	一一九
浣溪沙	一二一
渔父(二首)	一二二

  以上王国维补遗。

开元乐	一二五

  此首见邵长光辑录稿本。

附录　白朴《天籁集》词一首	一二六

诸家序跋　　　　　　　　　　一二七

附录
李璟、李煜词选释　　　　　　一三五
李后主评传　　　　　　　　　一五九
屈原与李后主　　　　　　　　一七七
李后主知音　　　　　　　　　一九三
李后主之豪侈　　　　　　　　一九六

出版后记　　　　　　　　　　一九八

导 言

朱崇才

《南唐二主词汇笺》,约作于1930年前后(1931年3月自序,南京正中书局1936年出版,后历有再版),作者唐圭璋。

唐圭璋(1901—1990),字季特,号梦桐,词学家。江苏南京人。1922年考入东南大学,曾师从吴梅教授习词曲之学。后历任中央大学、南京师范大学教授,中国韵文学会会长,国务院古籍整理出版规划小组顾问。

唐圭璋先生在词学的各个方面,都有极高的成就。在词的创作方面,撰有《南云小稿》《梦桐词》。其词作反映中华民族不屈不挠的斗争精神,抒写国难家仇、生离死别之痛,尤为一往情深、婉转有致。在词学理论方面,继承发扬"常州派"的风雅比兴传统,并在常州派词学理论的基础上,提出"雅婉厚亮"四字作词、论词纲领。在词学研究方面,提出"以古证古""将心比心"的研究方法,倡导将创作和研究相结合，注重文献资料的搜集整理与考证，著有《宋词三百首笺注》《南唐二主词汇笺》《宋词四考》《词学论丛》等。在词学资料的汇编整理方面，编有《全宋词》《全金元词》《词话丛编》等。

《南唐二主词汇笺》，在唐圭璋先生长达数十年的词学古籍整理实践中，是较早期的一部古籍整理作品。

南唐(937—975)，是五代十国时期中国南方的一个地方政权，国号"唐"，为区别于此前的"唐"和"后唐"，后人称之为"南唐"。"二主"，指南唐中主李璟、后主李煜。二主在诗词书画方面均有很高造诣，词的成就尤为突出，后人辑有《南唐二主词》。唐圭璋先生在《南唐二主词》的基础上，重加整理，校正字句，辑录历代对于二主及二主词的评论、笺注，并附录相关资料，成《南唐二主词汇笺》一书。

南唐的开国皇帝是李昪(889—943)，徐州彭城县(今江苏徐州)人，父亲李荣，在战乱中不知所终，李昪后为吴国大将徐温收为养子，改名徐知诰。937年，徐知诰称帝，国号齐。939年，徐知诰恢复李姓，改名昪，自称唐宪宗之子建王李恪四世孙，因改国号为"唐"。李昪在位期间，保境安民，与民休息,兴科举、建学校,轻徭薄赋,劝课农桑,鼓励手工业和商业贸易。以金陵为中心的南唐,社会生产和文化事业都有很大发展。

943年,李昪驾崩,子李璟继位,是为元宗。李璟(916—961),初名景通,曾更名瑶,字伯玉。因受到后周威胁,遂削去帝号,改称"国主",史称南唐中主。中主词感情真挚,风格清新,语言不事雕琢而富于深情,对其子李煜词有一定影响。《南唐二主词》中存中主词四首,有名句"小楼吹彻玉笙寒",流传千古。

李煜(937—978),中主李璟第六子,初名从嘉,字重光,号钟隐、莲峰居士。961年,李煜继位,尊宋为正统,后去国号,改称"江南国主"。宋开宝八年(975),李煜兵败降宋,后被俘至汴京,封违命侯。太平兴国三年(978),为宋太宗毒死。后人称南唐后主、李后主。

后主具有很高的文学艺术修养,精工书法、绘画、音律、诗词,而以词的成就最高。后主词,前期继承晚唐以来温庭筠、韦庄等花间派词人传统,又受李璟、冯延巳等人的影响,语言明白如话,形象生动,后期俘虏生涯中的词作,真挚沉痛,感情深邃。

南唐二主词汇笺

二主词是晚唐五代词向两宋词过渡的关键一环。整理二主词,汇集相关资料,对于词学研究有重要意义。

唐圭璋先生的《南唐二主词汇笺》,堪称词学古籍整理的一个范例。正如赵尊岳先生《南唐二主词汇笺序》所评:"唐氏乃追踪樊榭,综核诸家,申以汉人治经之法,用立学者笺词之型,举凡板刻年表、雠校笺记,但故籍之可搜寻,片言之可撷采,莫不甄录,备著于篇。"

"笺词之型"的评价,洵非虚誉。《汇笺》学习前辈词学家厉樊榭、朱彊村等人的朴学方法,吸收西方现代学术的某些长处,是一部具有一定现代性方法论意义的"范型"之作。方法论是学术的最高层次。唐圭璋先生在其长达数十年的词学古籍整理实践中,逐步形成了具有理论指导意义的若干方法。唐圭璋先生的古籍整理,在资料文献方面,努力做到尽善尽美,而在此"朴学"层面之外,还有另外一个关乎古籍整理学术性的重要层面,那就是对于学术研究的高度热爱,对于整理对象的深切钟情。这种热爱和钟情,属于学术研究的"心灵层面"。文学研究,包括古籍整理,需要艺术天赋,需

导言

要学术理性,更需要内心深处的热情和操作层面的专注执着。有了发自内心的热爱和深情,研究者才能具有超常的专注力量,在任何艰难困苦中,执一用专,永不放弃,并将这种力量转化为数十年如一日的实际操作行为。正是具有这种对于学术研究的热情和对于古籍整理事业的专注,唐圭璋先生在古籍整理的实际操作中,已然形成较为成熟的"将心比心"的理论路径,从而为后人提供了具有方法论意义的启示。

在这种方法路径中,对于研究整理对象,研究主体既能出乎其外,与研究对象保持必要的距离,遵守学术价值观的中立,客观冷静、实事求是地分析和处理研究整理对象;又能入乎其内,"换我心,为你心,始知相忆深",深入到整理研究对象的内心,将心比心,探索、还原、体验被整理对象彼时彼地的处境、生活、情感和心灵,与这些鲜活的人物、常青的文本,同呼吸共命运,从而达到研究主体与研究对象的心心相印,达到整理者与整理对象的高度契合。如果说,古籍整理需要诉诸科学理性,需要在这种理性的规范下,进行大量甚至是枯燥、机械的实际操作,那么,如何使这种实际操作能够持续并符合理性的规范要求,则需要一种超越科学理性的持久热情。有了这种艰苦细致的实际操作,又有持久恒一的热情投入,便能达到研究主体与研究对象物我同一的至高境界。

《南唐二主词汇笺》正达到了这样一种将科学理性和持久热情相结合,将个人情怀与学术对象融为一体的至高境界。作为《南唐二主词汇笺》研究整理的主体,唐圭璋先生与南唐二主,在哪些方面有心灵的契合与共鸣呢?

唐圭璋先生研究词学,是从纳兰容若开始的。1922年,先生考入东南大学国文系。是年9月,吴梅先生就聘该系,主讲词曲。约在此年之后,先生在吴梅的指导下,开始搜集、整理、汇编、研究纳兰词。先生有《纳兰容若词》书稿(1931),存神州国光社,后因该社遭逢变故,不幸遗失。在东南大学(后改名为中央大学)学习期间(1922—1928),唐先生加入了"潜社",其中一首社课,是《风入松·宋徽宗琴名松风》(1926),有"今古伤情无限,忽雷一例么弦"之句。这一年,先生尚有《温韦词之比较》一文,发表在《东南论衡》1卷26期。其后,1930年,有《女性词人秦少游》,连载于《中央日报》1月4日、5日。1931年3月,先生作《南唐二主词汇笺自序》。《汇笺》一稿,似应完成于此时。

导言

先生早年所研究的词学对象，如上述纳兰、徽宗、温韦、少游、二主，有一些共同的相关主题，其中最主要的，是"苦难"与"深情"。正是"苦难"与"深情"，使唐圭璋先生与这些研究对象有了交集。

唐圭璋先生对于南唐二主的身世与遭遇，给予了特别的关注。《汇笺》前附《南唐二主年表》，"俾了然于二主之身世"（《汇笺自序》）。先生概括中主身世云："中主音容闲雅，眉目如画，好读书，喜骑射，知音律。少时颇有栖隐之志，绍袭后兄弟友爱倍笃，出处游宴，未尝相舍。御臣下及人民，尤抚爱备至。惟天性懦弱，寄任非人，遂致丧师辱国，忧悔而殂。"对于后主，则有同情式的理解："少聪悟，喜读书，工书画，精音律。天资纯孝，中主殂，居丧哀毁，杖而后起。友爱亦笃，弟从善朝宋不返，思念弥已。与后周氏尤缱绻情好，后病，后主朝夕视食，药非亲尝不进，衣不解带累夕。为政以爱民为急，又喜结交文士，特置澄心堂，为君臣流连之所。惟酷好浮屠，昧于威武，遂致被执而殂。"（《南唐二主年表》）二主居国主之位，可记事迹甚多，而先生特拈出两点：一曰"苦难"——"忧悔而殂"，"被执而殂"；一曰"深情"——"友爱倍笃""抚爱备至"，"缱绻情好""以爱民为急"。由于江南地区特殊的地理人文传统和五代十国这一特殊的历史背景,二主以国主之尊,经历了剧烈的历史变迁,经历了巨大的忧惧、痛苦乃至屈辱。他们是江南六朝唐五代文化的宁馨儿,他们对于风声雨声家事国事,有着"小楼吹彻玉笙寒"般的脆弱和敏感,对于国破家亡带来的冲击,更是有着巨大的心理创伤。

苦难情结、家国情怀,正是在这两点上,唐圭璋先生与二主之间,有了"共鸣"的基础。唐圭璋先生7岁丧父,11岁丧母,苦难来临,先生与兄、姐、妹,一家骨肉,四散飘零。先生幸得舅父收留,又得所读学校的校长陈荣之、仇埰二位先生先后资助和鼓励,得以完成中学学业。考入东南大学后,又得金陵尹家青睐,由尹家祖母作主,与其孙女尹孝曾成婚。婚后,夫妻感情深厚。

身世苦难和感恩深情,形成了唐圭璋先生完成学业和成就事业的重要心理基础。这种苦难,不仅仅是个人和家庭的苦难,也是国家民族的苦难;这种深情,不仅仅是对于亲人的眷恋与不舍,也是对于国家民族的关怀和责任。1930年前后,正是中华民族生死存亡之际。正如先生《琵琶仙》(1934年3月)所咏:"一卷生绡,齐梁旧月,伤尽心目。"在这"最危险的时候",历经苦难的中华文化,不但是这个民族坚韧的象征,是这个民族的心理支点,也是我们这个伟大民族几度涅槃重生的确证。只要中华文化不亡,这个民族就有重生的希望。唐圭璋先生在仇埰、吴梅先生的影响下,选择了词学的整理研究,作为个人的终生事业,作为弘扬中华文化的一种途径,并以此报答亲人师长的深情关爱。

《南唐二主词汇笺》,正可通过"破国亡家"的"齐梁旧月",来抒发宣泄"伤尽心目"的苦难情怀。《汇笺》在汇集前人评价时,辑录了许多二主遭遇不幸和深于情感这两个方面的资料。如辑陈廷焯《白雨斋词话》云:"李后主、晏叔原皆非词中正声,而其词则无人不爱,以其情胜也。情不深而为词,虽雅不韵,何足感人。"辑王国维《人间词话》云:"尼采谓:'一切文学,余爱以血书者。'后主之词,真所谓以血书者也。宋道君皇帝《燕山亭》词亦略似之。然道君不过自道身世之感,后主则俨有释迦、基督担荷人类罪恶之意,其大小固不同矣。"辑谭尔进《南唐二主词·题词》:"南唐二主词……读之皆凄怆悲动,亦复幽闲跌宕,如多态女子,如少年书生,落调纤华,吐心婉挚。竟为有情人案头不可少之书。"

1931年春,《汇笺》和《宋词三百首笺》完成,先生先后开始《全宋词》和《词话丛编》的编纂。然而，国家民族和个人家庭的苦难却仍在继续。1931年9月18日，东北沦陷，华北危亡。1937年春（1936年旧历除夕），与先生结缡十三载的妻子不幸病亡。先生怀念亡妻，终身不再娶。1937年7月7日，抗日战争全面开始。8月13日，淞沪会战开始，中国军队以80万血肉之躯，顽强抵抗。淞沪苏锡常，先后陷落，首都南京危在旦夕。1937年10月，唐圭璋先生将三个年幼的女儿托付给尹家祖母，只身随任职的中央军校西迁成都。先生后来在《梦桐词自序》中回忆说："余幼年失父母，中年丧偶，晚复悼长女，自念平生忧患，独我何多！外敌窥宁，万户奔亡。我亦孤身漂泊成渝，备尝艰辛。思念家园梧桐，更觉凄零，破国亡家之痛，时寄于词。"先生的《行香子·匡山旅舍》描述说："狂虏纵横。八表同惊。惨离怀、甚饮芳醽。忍抛稚子，千里飘零。对一江风，一轮月，一天星。"

今天的我们，如果能够设身处地、将心比心地想象还原当时的情境，就可以体会到，唐圭璋先生作出只身西迁这一决定，是多么的痛苦、无奈和悲壮。想想看，今天的我们，一家4个大人甚至6个大人，带一个或两个孩子，都十分吃力甚至有些狼狭。而在1937年,唐先生的大女儿只有12岁,二女儿10岁,小女儿只有4岁,没有母亲,带领她们去仪征乡间避难的,是已届高龄的曾祖母。在这兵荒马乱的年代,交通不便,通信困难,前途茫茫,生离死别之际,先生毅然选择了"忍抛稚子,千里飘零"。在那个时代,也有的学者,出于各种考虑,其中最主要的是为了照顾家庭,而留在了沦陷区,有的甚至选择了与侵略者合作。也许,对留在沦陷区的知识分子,不应苛求,但唐圭璋先生这种在大是大非面前所体现出来的民族大义,今天的我们,仍然要理直气壮地大加提倡。先生后有《鹧鸪天·题鹧鸪赋笺释》云:"四十载,苦吟身。自抒正气满乾坤。""乾坤正气",虽是赠人,亦是自勉。唐圭璋先生的这种乾坤正气,永远值得我们赞美、学习和提倡。

在1930这个特殊的年代,先生将苦难情结、家国情怀、乾坤正气,化为对于词学整理的高度专注和深情热爱。在极端的艰难困苦和颠沛流离中,用青春的热血和生命,完成了《纳兰容若词》、《南唐二主词汇笺》、《宋词三百首笺》、《全宋词》、《词话丛编》、《宋词纪事》等词学典籍的初步整理,开启了具有近代化特征的词学基本文献资料体系的建设进程。以一人之力、十年之功,完成如此巨量而复杂的工作任务,堪称学术史上的奇迹。因此,古籍整理虽是学术之事,但也需要献身精神,需要对于整理对象同情式的理解,需要对于中华文化及其载体"将心比心"的情感体验。

赵　序

兰荃之业，荸甲于陈隋，导流于太白。温韦有作，造诣益深。二主丁离乱之秋，寄幽忧之致。吹气如兰，中人欲醉。迨夫圣宋开基，名贤辈出，音政之盛，无俟赘陈。自元而还，迄于今日，以论词笔，珠玉在前，未能或胜。若谓词学，晚出愈精，何遽多让。综其隆替，盖有说焉。夫词肇自声诗，贵便举唱，旗亭画壁，厥为绝句。引字填腔，斯有小令。于兹孳乳，绎作长调。分宫备律，千百其体。故就词言，当以乐调宗风，分镳立格。然胡元入主，散套杂剧，夺席以兴。词谱既废旷不能歌，斜上旁行，徒供研讨。即论境界，上者不脱蹊径，次者羼入俳俚。吾道为之不尊，词笔似拘所限。向所持论，实主于斯。至于问学，初则散在丛编，渐乃勒为词话。宋人激扬之说，固未尽当，徒摘丽词，或题本事，混成一集，未有传播。书棚诸槧，诗富于词。即至朱明，升庵之探赜，渚山之甄采，虽云轶古，不能方今。至南湖、啸余，相继订谱；颍川、吴江，各制总集。领域较广，讹夺尤甚。

有清一代，朴学大盛，流风余韵，泽被词苑。丛刊之出，汲古维先。四印、彊村重以雠校，而万氏制谱、戈氏论韵，阳湖选政之精严，浙派操瓠所荟萃，乃至松陵之词话、东塾之定律，莫不穷膏晷之功，崇雅正之始。辨微茫于寸黍，商旋羽于五声。是皆夐越畴曩，卓然宗工，降及并世，荫樾益繁。驰声闻于海外，列专教于庠序。或事汇刻，或订遗篇。或进言板本，以溯其渊源；或僻搜遗词，以存其坠绪。或著年谱，由论世以知人；或抉微言，尽阐扬之能事。若番禺叶氏、长洲吴氏、海宁赵氏、江宁唐氏、永嘉夏氏、万载龙氏，凡此名家，幸获奉手。而鲲生亦于余时，从容词海，部居总集，校理明词，深会甘苦之味，有在骊黄之外者也。

唐氏尝以十余年之心力，辑《词话丛编》、《全宋词》、《金元词汇》、《续词林纪事》诸书。其治学之专，为之低首。近日更笺《宋词三百首》及《南唐二主词》，嘉惠来学，厥功亦伟。二主所作，千秋绝唱，万井流传，属在声党，孰不会心。每致浮词，辄伤蛇足。唐氏乃追踪樊榭，综核诸家，申以汉人治经之法，用立学者笺词之型，举凡板刻年表、雠校笺记，

赵序

但故籍之可搜寻，片言之可撷采，莫不甄录，备著于篇。学者手此一卷，珍重灯窗，微特于二主之词，多所启益，即就其体式以治他家，亦无不厘然有当。周行之示，舍此孰归？晚出愈精，不其然乎？欣获讽诵，爰书以归之。

丙子七月武进赵尊岳序。

按：后主卒于七日，传者以为太宗赐牵机药所致。夫太宗雄王新朝，莲峰则废王禁第，荣辱悬殊，哀乐异趋，"昨夜东风"之词，正同于"金凤愁挈"之句。然吴越则赉以铁券，陇西则罪之九幽，事实同符，情何二致。即有闲者罗织其事，冀邀殊功，而大命早颁，案谳夕定，肆诸朝市，谁遑异词。遗以机药，转憎多口。且时适太宗万寿，纵欲置之死地，何必丁此嵩辰。善体普天俱庆之忱，更无旦夕争存之理。意者后主易箦之时，或多怨诽。而一时载笔之流，正以太宗之异于继休，德昭之未尽天年，每拾卮言，用申孤愤，遂摭琐闻于说部，比耳食于载言。正似烛影之嫌，几同信史，清儒光氏已辟其谬。重光之卒，庸可无言，用陈斯义，附于序末，以俟学者共论定焉。

自序

南唐二主词刊本，今传者有明万历庚申谭尔进本、明万历庚申吕远本、光绪刘继增笺补吕本、明毛晋汲古阁旧钞本、康熙侯文灿《名家词》本、光绪金武祥《粟香室丛书》重刻侯本、光绪朱景行自《永乐大典》录出之《全唐诗》本、刘毓盘补正《大典》本、宣统沈宗畸《晨风阁丛书》刻知圣道斋旧钞《南词》本、宣统王国维校补沈本、光绪邵长光辑录未定稿本，谭、吕、毛、侯、沈五本，编次悉同，惟吕本多《捣练子》一首，谭本、侯本分题中主、后主，略有异耳。五本同源，似皆出自宋本。兹以吕本为主，以各本补正。凡中主词六首，后主词四十六首。至《蝶恋花》或为李冠作；《相见欢》或为孟昶作；《菩萨蛮》或为杜安世作；《长相思》"一重山"一首，或为邓肃作，"云一绹"一首，或为孙肖之作；《浣溪沙》"一曲新词"一首，或为晏殊作，"转烛飘蓬"一首，或为冯延巳作；《阮郎归》或为欧阳修作；《更漏子》二首或为

自序

温庭筠作，并两存之。若《十国春秋》注所录中主《帝台春》词，确为宋人李景元之误，则不录云。词之校勘，以刘继增、王国维、刘毓盘三氏为最勤。然刘继增不知有《南词》本，王国维不知有吕本，刘毓盘不知有毛钞本，故所校亦互有阙略，至谭本亦三氏所未见。此外笔记所载、选本所录，为三氏所未校及者亦夥，如王国维未及《花草粹编》，刘毓盘未及《钦定词谱》，而刘继增则每谓《花间集》作某，亦不知何据而云然。

是编综合三氏所校，复搜辑其他笔记、选本详校之。又笺证本事，惟见刘继增本，第亦有可补者。不揣谫陋，既补其所未备，复采录总评于卷首，系分评于每首之后，以为欣赏之助。各家序跋，亦汇列于后，以为参考之资。更据清周雪客《南唐书注》，及《十国春秋》，作为简明年表，俾了然于二主之身世。至其词之高妙，与夫词句出处，为人所共喻，或不必注释者，并从省略，盖惧蹈《草堂》之陋习也。

辛未三月江宁唐圭璋。

南唐二主年表

一　中主年表

中主李璟,字伯玉,初名景通,先主昇长子。昇字正伦,小字彭奴,徐州人,唐宪宗第八子建王恪之玄孙。初为杨行密大将徐温之养子,遂冒姓徐氏,名知诰。迨即皇帝位,始复姓李。中主音容闲雅,眉目如画,好读书,喜骑射,知音律。少时颇有栖隐之志,绍袭后兄弟友爱倍笃,出处游宴,未尝相舍。御臣下及人民,尤抚爱备至。惟天性懦弱,寄任非人,遂致丧师辱国,忧悔而殂。谥明道崇文宣孝皇帝,庙号元宗。子十,后主其第六子也。

唐昭宗天祐十三年丙子(916)　中主生

是时司空图已卒八年,罗隐已卒七年,贯休已卒四年,韦庄已卒五年,和凝已十八岁。

是岁,徐铉生,冯延巳已十五岁,韩熙载已十六岁。

是岁,蜀以毛文锡为文思殿大学士。

是岁,契丹太祖阿保机称帝,建元神册。

天祐十四年丁丑(917)　中主二岁

中主义祖徐温治金陵。

是岁,刘岩称帝于广州,国号南汉。

武义元年己卯(919)　中主四岁

杨行密次子隆演即吴王位,拜义祖徐温为大丞相,以中主父徐知诰为左仆射。

次弟景迁生。

是岁,后蜀主孟昶生。

武义二年庚辰(920)　中主五岁

杨隆演卒,弟溥立。

顺义元年辛巳(921)　中主六岁

三弟景遂生。

是岁,徐锴生。

顺义三年癸未(923)　中主八岁

是岁,后唐李存勖即皇帝位。

顺义四年甲申(924)　中主九岁

四弟景达生。

顺义五年乙酉(925)　中主十岁

中主官驾部郎中,尝吟《新竹》诗云:"栖凤枝梢犹软弱,化龙形状已依稀。"

是岁,唐师灭蜀,蜀主王衍降。

顺义六年丙戌(926)　中主十一岁

是岁,蜀王衍被杀,后唐李存勖亦为伶人所杀。

顺义七年丁亥(927)　中主十二岁

义祖徐温殂。

杨行密第四子溥即皇帝位,改元乾贞,以中主父徐知诰为太尉。

太和元年己丑(929)　中主十四岁

吴改元太和,徐知诰兼中书令。

太和二年庚寅(930)　中主十五岁

中主为兵部尚书,尝筑馆于庐山瀑布前。

是岁,楚马殷卒。

太和三年辛卯(931)　中主十六岁

父徐知诰为金陵尹,以中主为司徒。

太和四年壬辰(932)　中主十七岁

是岁,吴越王钱镠卒。

太和五年癸巳(933)　中主十八岁

是岁,后蜀孟知祥立。

天祚元年乙未(935)　中主二十岁

吴改元天祚,进封徐知诰为齐王,立中主为王太子。

天祚二年丙申(936)　中主二十一岁

后主大周后生。

是岁,唐亡,晋高祖立。

天祚三年丁酉(937)　中主二十二岁

父徐知诰即皇帝位,国号南唐,改元升元,封中主为吴王。中主改名璟。弟景迁卒,年十九。

七月七日,后主生。

是岁,晋以和凝为端明殿大学士。

升元二年戊戌(938)　中主二十三岁

吴让皇杨溥卒。

升元三年己亥(939)　中主二十四岁

父徐知诰复姓李,更名昪。

升元四年庚子(940)　中主二十五岁

父昪如江都,立中主为皇太子。

七子从善生。

是岁,蜀赵崇祚编《花间集》。

升元七年癸卯(943)　中主二十八岁

父昪卒,年五十六,谥曰光文肃武孝高皇帝,庙号烈祖。中主嗣位,不待逾年,改元保大,尊母宋氏为皇太后,立妃钟氏为皇后。

镇海军节度使宋齐丘归九华旧隐。

保大二年甲辰(944)　中主二十九岁

正月,敕齐王景遂总庶政,惟枢密副使魏岑、查文徽得白事,馀非召对不得见。

八月,幸饮香亭,赏新兰。

十二月,伐闽王延政。

保大三年乙巳(945) 中主三十岁

十月,皇太后宋氏崩。

召宋齐丘于青阳。

是岁,闽王延政归金陵。

保大四年丙午(946) 中主三十一岁

正月,以宋齐丘为太傅,冯延巳同平章事。

二月,命建州置的乳茶,号曰"京挺"。

五月,命王崇文、魏岑、冯延鲁、陈觉合攻福州。

是岁,契丹灭晋,来请会盟,不从。

保大五年丁未(947) 中主三十二岁

立景遂为皇太弟,徙景达为齐王,长子弘冀为燕王。

是岁,汉刘智远称帝。

是岁,吴越救福州,唐师败绩。

保大七年己酉(949) 中主三十四岁

正月，元日大雪，命太弟以下登楼展宴赋诗。又令诸臣即时同宴和进，徐铉为前后序，仍集名手图画。中主诗云："珠帘高卷莫轻遮，往往相逢隔岁华。春气昨朝飘律管，春风今日散梅花。素姿好把芳姿比，落势还同舞势斜。坐有宾朋樽有酒，可怜清味属侬家。"又召宗室大臣赴内香宴，凡中国外域名香，以至和合煎饮，佩带粉囊，共九十二种，皆江南所无也。

是岁，命仓曹参军王文炳摹勒古今法帖上石，名曰《升元帖》。

保大八年庚戌（950） 中主三十五岁

是岁，郭威自立，废其主赟，汉亡。刘崇称帝于晋阳，是为北汉。

保大九年辛亥（951） 中主三十六岁

次子弘茂卒，年十九。

是岁，楚徐威等废其君马希萼，中主命边镐出萍乡讨之。

是岁，郭威称皇帝，国号周。

保大十年壬子（952） 中主三十七岁

是岁，南汉乘楚乱，据桂、宜等州。中主命张峦讨之，败绩。诏流边镐于饶州。

是岁，大旱，南海献龙脑浆。

保大十一年癸丑(953) 中主三十八岁

三月，以冯延巳同平章事。

金陵火逾月，焚庐舍、营署殆尽。

流徐铉于舒州，贬徐锴为校书郎分司。

保大十二年甲寅(954) 中主三十九岁

后主十八岁，纳大周后。

是岁，周主威殂。晋王荣立，是为世宗。

是岁，北汉刘崇殂。

保大十三年乙卯(955) 中主四十岁

周侵淮南，中主遣人尽杀淮南杨氏子孙。

是岁，和凝卒。

保大十四年丙辰(956) 中主四十一岁

周帝亲征，败中主十五万众于滁州，大将姚凤、皇甫晖被执。

交泰元年戊午(958)　中主四十三岁

去帝号,称周显德五年。请传位太子弘冀,以国为附庸。周许奉正朔,罢兵,不许传位太子。

中主以避周信祖讳,改名景。

后主二十二岁,长子仲寓生。

显德六年己未(959)　中主四十四岁

正月,宋齐丘绝食,死于青阳。

六月,晋王景遂卒。

九月,太子弘冀卒,后主封吴王。

是岁六月,周世宗殂。

建隆元年庚申(960)　中主四十五岁

正月,宋太祖受周禅。

二月,遣使朝贺于宋。

四月,冯延巳卒。

十一月,遣冯延鲁朝贡。

建隆二年辛酉(961)　中主四十六岁

二月,迁南都豫章,立从嘉为太子,留金陵监国。

三月,至南都,以其迫隘,颇悔怒。尝咏诗云:

"灵槎思浩渺,老鹤忆空同。"

六月,殂。

二 后主年表

后主初名从嘉,后改名煜,字重光,号钟隐,别称莲峰居士、钟山隐士,中主璟第六子。骈齿,一目重瞳子。少聪悟,喜读书,工书画,精音律。天资纯孝,中主殂,居丧哀毁,杖而后起。友爱亦笃,弟从善朝宋不返,思念弥已。与后周氏尤缱绻情好,后病,后主朝夕视食,药非亲尝不进,衣不解带累夕。为政以爱民为急,又喜结交文士,特置澄心堂,为君臣流连之所。惟酷好浮屠,昧于威武,遂致被执而殂。尝著《杂说》百篇,时人以为可继《典论》。又有集三十卷,并不传云。子二,孙一。

升元元年丁酉(937)　后主生

祖昪即皇帝位,父中主时年二十二岁。

建隆二年辛酉(961)　后主二十五岁

六月,中主殂。嗣位金陵,更名煜。

遣冯延鲁如京师，奉表陈袭位，贡金器二千两、银器二万两、纱罗绢丝三万匹。后主易紫袍见宋使。

立妃周氏为后。

次子仲宣生。

建隆三年壬戌(962)　后主二十六岁

正月，葬元宗于顺陵。

六月，使翟如璧入贡京师，贡金器二千两、银器一万两、锦绮绫罗一万匹。

乾德元年癸亥(963)　后主二十七岁

三月，宋平荆湖，荆南亡。

十一月，贡银一万两、绢一万匹，贺南郊礼；又贡绢万匹，贺册尊号。

十二月，上表乞罢诏书不名之礼，不从。

是岁，南平高继冲归宋，孙光宪拜黄州刺史。

乾德二年甲子(964)　后主二十八岁

二月，贡安葬银一万两、绫绢各万匹。

三月，行铁钱，又命吏部侍郎修国史。

九月，拜韩熙载为兵部尚书。

十月,后主子仲宣卒,追封岐王。

十一月,后周氏卒,后主作诔辞数千言。宋使魏丕来吊祭,后主邀丕登升元阁赋诗,有"朝宗海浪拱星辰"之句,以风动后主。

乾德三年乙丑(965) 后主二十九岁

正月,葬昭惠后于懿陵。

二月,贡长春节御衣二袭、金器千两、锦绮绫罗各千匹、银器五千两。

十月,皇太后钟氏殂。

乾德四年丙寅(966) 后主三十岁

后主约南汉俱事宋。

是岁,宋灭蜀,王昶卒。

开宝元年戊辰(968) 后主三十二岁

境内旱,宋饷米麦十万石。

邓王从镒出镇宣州,后主饯之绮霞阁。赠诗有云:"咫尺澶江几多地①,不须怀抱重凄凄。"

夏,江王景逿薨。

---

① "澶":《全唐诗》卷八《送邓王二十弟从益牧宣城》作"烟"。——编者注

十一月,立周后妹为国后。遣韩熙载入宋聘谢。

是岁,北汉主钧殂,养子继恩嗣立。

开宝二年己巳(969)　后主三十三岁

冬,较猎于青龙山,还憩大理寺,亲录囚,原贷甚众。

开宝三年庚午(970)　后主三十四岁

韩熙载卒,赠平章事。

命崇修佛寺,改宝公院为开善道场。后主与后顶僧伽帽,衣袈裟,诵佛经,拜跪顿颡,至为赘瘤。

开宝四年辛未(971)　后主三十五岁

是岁,宋灭南汉。后主惧,贡占城国所贡物,宋诏还之;贡茶二十万斤,宋诏给价。

遣郑王从善朝贡。又上表请改唐国主为江南国主,唐国印为江南国主印,所诏呼名。宋俱从之。

齐王景达薨。

开宝五年壬申(972)　后主三十六岁

下令贬损仪制,又去殿阙鸱吻,降诸弟封王者皆为公。又贡宋钱三十万、米麦二十万石。

是岁,宋命从善为泰宁军节度使,留京师,赐第汴阳坊。后主遣冯延鲁谢从善爵。延鲁至宋,疾病不能朝而归。

开宝六年癸酉(973)　后主三十七岁

是岁,宋命翰林学士卢多逊来索江东图经。后主上表,愿受宋爵命。不许。内史舍人潘佑切谏被收,佑乃自杀。户部侍郎李平亦以谏嫌,缢死狱中。

甲戌岁(974)　后主三十八岁

上表求从善归国。不许。后主作《却登高文》,哀念不已。

是岁,宋遣阁门使梁迥来,邀往助祭,后主惧不答。寻又遣知制诰李穆来召赴阙,后主义辞以疾。于是宋师水陆并进。后主又遣弟江国公从镒贡帛二十万匹、白银二十万斤。又遣起居舍人潘慎修贡买宴帛万匹、钱五百万。

十月,宋师拔池州,吴越王钱俶亦犯常、润。后主于是下令戒严,去开宝纪年,称甲戌岁。两遣徐铉等乞缓师,不答。

闰十月,宋师次采石矶,樊若水北走,请造浮桥以济师,桥成,宋师长驱渡江,遂至金陵。

是岁,徐锴卒,杨亿生。

乙亥岁(975)　后主三十九岁

宋师薄城下,后主犹不知之,日听讲《楞严》、《圆觉经》及《易·否卦》。一日登城,见旌旗遍野,乃大惊,因诛神卫都指挥使皇甫继勋,遣徐铉厚贡方物求缓兵。皆不报。

十一月,城陷。后主欲自杀,左右泣涕固谏。乃帅殷崇义等肉袒出降,临行作《破阵子》词。

开宝九年丙子(976)　后主四十岁

正月,宋曹彬执后主至京师,宋授右千牛卫上将军,封违命侯。

十月,太宗即位,改元太平兴国,改封后主为陇西公。

太平兴国二年丁丑(977)　后主四十一岁

后主言贫,宋太宗命增给月奉,仍予钱三百万。

是时,作《虞美人》、《浪淘沙》诸词。

太平兴国三年戊寅(978)　后主四十二岁

七月七日,后主在赐第,命故妓作乐,太宗大怒。又传"小楼昨夜又东风"、"一江春水向东流"词,遂赐服牵机药而死。赠太师,追封吴王,葬洛阳北邙山。江南人闻之,巷哭,设斋。

是岁,周后悲哀不自胜,亦卒。

附南唐二主世系

先主昪
- 中主璟
  - 太子弘冀
  - 后主煜
  - 庆王弘茂
  - 南楚国公从善
  - 江国公从镒
  - 鄂国公从谦
  - 邵平郡公从信
  - 文阳郡公从度
- 楚王景迁
- 晋王景遂
- 齐王景达
- 江王景逿

后主煜一支：
- 清源郡公仲寓 —— 正言
- 宣城郡公仲宣

南唐二主词总评

胡应麟《诗薮·杂编》云:"后主目重瞳子,乐府为宋人一代开山。盖温、韦虽藻丽,而气颇伤促,意不胜辞,至此君方是当行作家,清便宛转,词家王、孟。"

王世贞《词评》云:"《花间》犹伤促碎,至南唐李王父子而妙矣。"

黄河清《草堂诗余续集序》云:"词固乐府铙歌之滥觞,李供奉、王右丞开其美,南唐李氏父子实弘其业。"

徐釚《词苑丛谈》载沈去矜评云:"男中李后主,女中李易安,极是当行本色。"

沈雄《古今词话》载沈去矜评云:"后主疏于治国,在词中犹不失为南面王。觉张郎中、宋尚书,直衙官耳。"

纳兰成德《渌水亭杂识》云:"《花间》之词,如古玉器,贵重而不适用;宋词适用而少贵重,李后主兼有其美,更饶烟水迷离之致。"

余怀《玉琴斋词序》云:"李重光风流才子,误作人王,致有入宋牵机之恨。其所作之词,一字一珠,非他家所能及也。"

周稚圭①《词评》云:"予谓重光,天籁也,恐非人力所及。"

周济《介存斋论词》云:"李后主词如生马驹,不受控捉。"又云:"毛嫱、西施,天下美妇人也,严妆佳,淡妆亦佳,粗服乱头,不掩国色。飞卿,严妆也,端己,淡妆也,后主则粗服乱头矣。"

吴衡照《莲子居词话》云:"十国时风雅才调,无过于南唐后主,次则蜀两后主,又次则吴越忠懿王。"

周之琦《论后主绝句》云:"玉楼瑶殿枉回头,天上人间恨未休。不用流珠询旧谱,一江春水足千秋。"

谭莹《论中主绝句》云:"能使《阳春》声价低,《浣溪沙》曲手亲题。一池春水干卿事?酷似空梁落燕泥。"《论后主绝句》云:"伤心秋月与春花,独自凭阑度岁华。便作词人秦柳上,如何偏属帝王家。"又云:"《念家山破》了南唐,亡国音哀事可伤。叔宝后身身世似,端如诗里说陈王。"

---

① 据江庆柏《清代人物生卒年表》(人民文学出版社2005年版),周稚圭即周之琦,"稚圭"是其字。——编者注

沈初《论二主绝句》云："南朝乐府最清妍，建业伤心万树烟。谁料简文宫体后，李王风致更翩翩。"

江顺诒《词学集成》云："比词于诗，原可以初、盛、中、晚论，而不可以时之后先分。如南唐二主似唐之初，秦、柳之琐屑，周、张之纤靡，已近于晚。"

谭献评《词辨》云："后主之词，足当太白诗篇，高奇无匹。"

陈廷焯《白雨斋词话》云："后主词思路凄惋，词场本色，不及飞卿之厚，自胜牛松卿辈。""余尝谓后主之视飞卿，合而离者也；端己之视飞卿，离而合者也。"又云："李后主、晏叔原皆非词中正声，而其词则无人不爱，以其情胜也。情不深而为词，虽雅不韵，何足感人。"

冯煦《六十一家词选例言》云："词至南唐，二主作于上，正中和于下，诣微造极，得未曾有。宋初诸家，靡不祖述二主，宪章正中，譬之欧、虞、褚、薛之书，皆出逸少。"

冯煦《论后主绝句》云："梦遍罗衾夜未央，秦淮一碧照兴亡。落花流水春归去，一种销魂是李郎。"

王鹏运《半塘老人遗著》云："莲峰居士词，超逸绝伦，虚灵在骨。芝兰空谷，未足比其芳华；笙鹤瑶天，讵能方兹清怨。后起之秀，格调气韵之间，或月日至，得十一于千百。若小晏，若徽庙，其殆庶几。断代南渡，嗣音阒然，盖间气所钟，以谓词中之帝，当之无愧色也。"

王国维《人间词话》云："温飞卿之词，句秀也。韦端己之词，骨秀也。李重光之词，神秀也。"又云："词至李后主而眼界始大，感慨遂深，遂变伶工之词而为士大夫之词。周介存置诸温、韦之下，可谓颠倒黑白矣。"又云："词人者，不失其赤子之心者也。故生于深宫之中，长于妇人之手，是后主为人君所短处，亦即为词人所长处。"又云："客观之诗人，不可不多阅世，阅世愈深，则材料愈丰富、愈变化，《水浒》《红楼梦》之作者是也。主观之诗人，不必多阅世。阅世愈浅，则性情愈真，李后主是也。"又云："尼采谓：'一切文学，余爱以血书者。'后主之词，真所谓以血书者也。宋道君皇帝《燕山亭》词亦略似之。然道君不过自道身世之感①，后主则俨有释迦、基督担荷人类罪恶之意，其大小固不同矣。"又云："唐五代之词，有句而无篇。南宋名家之词，有篇而无句。有篇有句，唯李后主降宋后之作，及永叔、子瞻、少游、美成、稼轩数人而已。"

---

① 感：王仲闻校订《人间词话》（人民文学出版社2018年版）作"戚"。——编者注

刘毓盘《词史》论后主云："于富贵时能作富贵语，愁苦时能作愁苦语，无一字不真，无一字不俊。温氏以后，为五季一大宗。惟《菩萨蛮》'花明月暗笼轻雾'一首，又'铜簧韵脆锵寒竹'一首，未免轻薄，贻来世以口实。"

况周颐《蕙风词话》云："五代词人丁运会，迁流至极，燕酬成风，藻丽相尚。其所为词，即能沉至，只在词中。艳而有骨，只是艳骨。学之能造其域，未为斯道增重，矧徒得其似乎？其铮铮佼佼者，如李重光之性灵，韦端己之风度，冯正中之堂庑，岂操觚之士能方其万一？"

吴瞿安先生《词学通论》云："二主词，中主能哀而不伤，后主则近于伤矣。然其用赋体不用比兴，后人亦无能学者也。此二者之异处也。"又云："读后主词当分为二类。《喜迁莺》、《阮郎归》、《木兰花》、《菩萨蛮》等，正当江南隆盛之际，虽寄情声色，而笔意自成馨逸，此为一类；至入宋后诸作，如《忆江南》、《相见欢》、《长相思》等，其悲欢之情固不同，而自写襟抱，不事寄托，则一也。"

应天长

吕本注:"后主书云:'先皇御制歌辞。'墨迹在晁公留家。"《南词》本注同,惟无"书"字。谭本、侯本无"御制歌辞"四字。

《词谱》:"此调有令词、慢词,令词始于韦庄,又有顾敻、毛文锡两体。宋毛开词名《应天长令》。慢词始于柳永,又有周邦彦一体,名《应天长慢》。"

《草堂诗余》、《历代诗余》并作后主作,《词谱》、《词综》并作冯延巳作。此词并见冯延巳《阳春集》、欧阳修《六一词》,又《草堂诗余》题作"晓起"。

一钩初月临妆镜〔一〕。蝉鬓凤钗慵不整〔二〕。重帘静,层楼迥〔三〕。惆怅落花风不定。　柳堤芳草径。梦断辘轳金井〔四〕。昨夜更阑酒醒。春愁过却病〔五〕。

〔一〕一钩:《六一词》作"一弯"。初月:《阳春集》

及侯本并作"新月"。妆镜:《阳春》、《六一》并作"鸾镜"。

〔二〕蝉鬓:《阳春》、《六一》并作"云鬓"。

〔三〕重帘:《阳春》、《六一》并作"珠帘"。"层楼"并作"重楼"。

〔四〕"柳堤"二句:《阳春》、《六一》并作"绿烟低柳径。何处辘轳金井"。

〔五〕过却:《阳春》、《六一》并作"胜却"。

沈际飞云:流便。

望远行

《词谱》:"唐教坊曲名。令词始自韦庄……慢词始自柳永。"

此词《花庵词选》、《天籁轩词谱》并作中主作,《历代诗余》、《词律》并作后主作。

碧砌花光锦绣明〔一〕。朱扉长日镇长扃〔二〕。余寒不去梦难成〔三〕。炉香烟冷自亭亭。　　辽阳月,秣陵砧〔四〕。不传消息但传情。黄金窗下忽然惊〔五〕。征人归日二毛生〔六〕。

〔一〕碧砌:《南词》本、旧钞本并作"玉砌",《花草粹编》作"绕砌"。锦绣:《花庵词选》作"照眼"。

〔二〕"朱扉"句:《花草粹编》、《天籁轩词谱》并作"朱扉镇日长扃"。

〔三〕余寒:《南词》本、旧钞本、《花草粹编》并作

"夜寒"。不去:《花庵词选》、《花间集补》并作"欲去"。梦难成:《南词》本作"寝难成"。

〔四〕"辽阳"二字:《南词》本、《花草粹编》、旧钞本俱作"残"。

〔五〕窗:《花庵词选》作"台"。

〔六〕《词谱》注云:"《花草粹编》前段第二句'朱扉镇日长扃',换头句'残月秣陵砧',各少一字,今从二主词原本校定。"

卓人月云:"髀里肉,鬓边毛,千秋同慨。"

浣溪沙（二首）

沈璟《古今词谱》："此黄钟宫曲。"

《历代诗余》名《南唐浣溪沙》，注云："称'南唐'者，以李璟'细雨''小楼'二句脍炙人口得名也。"

《词律》："此调本以《浣溪沙》原调，结句破七字为十字，故名《摊破浣溪沙》。后又另名《山花子》耳。后人因李主此词'细雨''小楼'二句，脍炙千古，竟名为《南唐浣溪沙》，然则唐词沿至宋人，改新调而仍旧名者甚多，如《喜迁莺》、《长相思》之类，皆添字成调，岂可名《北宋喜迁莺》、《北宋长相思》耶？"

《词谱》："《山花子》，唐教坊曲名，一名《南唐浣溪沙》，《梅苑》名《添字浣溪沙》，《乐府雅词》名《摊破浣溪沙》，《高丽史·乐志》名《感恩多令》。……此调即《浣溪沙》之别体，不过多三字两结句，移其韵于结句耳。所以有'添字''摊破'之名，然在《花间集》，和凝已名《山花子》。"

《词律》校勘记："按调名'沙'字，与《浪淘沙》不同义,应作'纱';或又作《浣沙溪》,则尤当为'纱'。"

此词《尊前集》、《花庵词选》均作后主词,《类编草堂诗余》作欧阳永叔词,题作"春恨"。

　　手卷真珠上玉钩〔一〕。依然春恨锁重楼〔二〕。风里落花谁是主,思悠悠。　　青鸟不传云外信,丁香空结雨中愁。回首绿波三楚暮,接天流〔三〕。

〔一〕手卷真珠:《花庵词选》作"手掩珠帘"。

〔二〕依然:《尊前集》、《花庵词选》、《南词》本并作"依前"。锁重楼:《尊前集》作"锁眉头"。

〔三〕三楚:《花庵词选》、《草堂诗余》、《历代诗余》并作"三峡",《南唐书》作"春色"。

吕本注:"《漫叟诗话》云:李璟有曲云'手卷真珠上玉钩',或改为'珠帘',非所谓知音。"《南词》本注同。

《类编草堂诗余》:"《温叟诗话》:李景有曲'手卷真珠上玉钩',或改为'珠帘';舒信道有曲云'十年马上春如梦',或改为'如春梦',非所谓知音。"

《诗话总龟》:"《翰苑名谭》云:李煜作诗,大率多悲感愁戚,如'青鸟不传云外信,丁香空结雨中愁','鬓从今日愁添白,菊似去年依旧黄',皆思清句雅可爱。"刘笺云:"案,'青鸟'二句是璟词,此作煜诗误。"

李于鳞云:"上言落花无主之意,下言回首一方之思。"又云:"写出阑珊春色,最是恼人天气。"

沈际飞云:"落花一事而用意各别,亦妙。"

黄蓼园云:"'手卷珠帘',似可旷日舒怀矣,谁知依然恨锁重楼。所以恨者何也?见落花无主,不觉心共悠悠耳。且远信不来,幽愁空结,第见三峡波接天流,此恨何能自已乎?清和宛转,词旨秀颖,然以帝王为之,则非治世之音矣。"

又

《词谱》作《山花子》,《尊前集》、《花庵词选》、《草堂诗余》并作后主作,《类编草堂诗余》题作"秋思"。

菡萏香销翠叶残。西风愁起绿波间〔一〕。远与容光共憔悴，不堪看〔二〕。　　细雨梦回鸡塞远〔三〕。小楼吹彻玉笙寒。多少泪珠何限恨〔四〕，寄阑干〔五〕。

〔一〕绿波：《南唐书》作"碧波"。

〔二〕远：《花间集补》、《历代诗余》、侯本并作"还"。容光：《花庵词选》作"韶光"，旧钞本作"寒光"。不堪看：《南唐书》作"不堪观"。

〔三〕鸡塞远：《南唐书》、《宣和画谱》并作"清漏永"。

〔四〕多少泪珠何限恨：《南唐书》、《宣和画谱》并作"簌簌泪珠多少恨"。又"何限"，《南词》本、《历代诗余》并作"无限"。

〔五〕寄阑干：《花庵词选》、《花间集补》、《历代诗余》、《南词》本、谭本并作"倚阑干"。

吕本注："冯延巳作《谒金门》云：'风乍起，吹皱一池春水。'中主云：'干卿何事？'对曰：'未若陛下"小楼吹彻玉笙寒"也。'"刘笺云："案此本马令《南唐书》。"

吕本又注："荆公问山谷云：江南词何处最好？

山谷以'一江春水向东流'为对。荆公云:未若'细雨梦回鸡塞远,小楼吹彻玉笙寒',又'细雨湿流光'最妙。"刘笺云:"案'细雨湿流光',冯延巳《南乡子》词。"《南词》本注并同吕本。予案,《耆旧续闻》以"细雨湿流光"为李后主词。陆游《南唐书·冯延巳传》:"延巳工诗,虽贵且老不废,如'鸳瓦数行晓日,龙旗百尺春风',识者谓有元和词人气格。尤喜为乐词,元宗尝因曲宴内殿,从容谓曰:'"吹皱一池春水",何干卿事?'延巳对曰:'安得如陛下"小楼吹彻玉笙寒"之句。'"

《古今诗话》:"江南成幼文为大理卿,词曲妙绝,尝作《谒金门》云:'风乍起,吹皱一池春水。'中主闻之,因案狱稽滞,召诘之。且谓曰:'卿职在典刑,一池春水,又何干于卿?'幼文顿首。"刘笺云:"此云成幼文,与《南唐书》异。《直斋书录解题》云:'《阳春录》一卷,南唐冯延巳撰。……世言"风乍起"为延巳所作,或云成幼文也,今此集无有,当是幼文作。'据此则与《古今诗话》所云相合。然今世所行《阳春集》,其词宛在,疑出后人附益。"

《本事曲》云:"南唐李国主尝责其臣曰:'吹皱一池春水,干卿何事?'盖赵公所撰《谒金门》辞,有此一句,最警策。其臣即对曰:'未如陛下"小楼吹彻玉笙寒'。"若《本事曲》所记但云"赵公",初无其名,所传必误,惟《南唐书》与《古今诗话》二说不同,未详孰是。

马令《南唐书·王感化传》:"感化善讴歌,声韵悠扬,清振林木,系乐部为歌版色。元宗嗣位,宴乐击鞠不辍,尝醉命感化奏《水调词》。感化惟歌'南朝天子爱风流'一句,如是者数四。元宗辄悟,覆杯叹曰:'使孙、陈二主得此一句,不当有衔璧之辱也。'感化由是有宠。元宗尝作《浣溪沙》二阕,手写赐感化。……后主即位,感化以其词札上之。后主感动,赏赐甚优。"刘笺云:"案王感化,《南唐近事》作乐工杨花飞。"

《雪浪斋日记》:"荆公问山谷:作小词曾看李后主词否?云:曾看。荆公云:何处最好?山谷以'一江春水向东流'为对。荆公云:未若'细雨梦回鸡塞远,小楼吹彻玉笙寒'最好。"刘笺云:"《词苑》云:'细雨''梦回'一句,元宗词。荆公误以为后主也。"予案荆公之意,盖谓子词不如父词,非误以为后主也。

《苕溪渔隐丛话》引李清照云:"五代时江南李氏独尚文雅,若'小楼吹彻玉笙寒'及'吹皱一池春水'句,语虽奇,亦亡国之音也。"又:"元宗嗣位,李璟尝作二词,今以为后主作,非也。"

杨升庵云:"绮丽委宛,后主词此为第一。"

沈际飞云:"'塞远''笙寒'二句,字字秋矣。""少游'指冷玉笙寒,吹彻小梅春透',翻入春词,不相上下。"

李于鳞云:"上是不堪独对西风之意,下是正宜自倚曲阑之思。"又云:"思逐景生,句从思得,正少少许差胜多多许。"

王世贞云:"'细雨梦回鸡塞远,小楼吹彻玉笙寒'、'青鸟不传云外信,丁香空结雨中愁',非律诗俊语乎?然是天成一段词也,著诗不得。"又云:"'"风乍起,吹皱一池春水",干卿何事',与'未若陛下"小楼吹彻玉笙寒"',此语不可闻邻国,然是词林本色佳话。'云破月来花弄影'郎中,'红杏枝头春意闹'尚书,意似祖述之,而句小不逮,然亦佳。"

贺裳云:"南唐主语冯延巳曰:'"风乍起,吹皱一池春水",何与卿事?'冯曰:'未若"细雨梦回鸡塞远,小楼吹彻玉笙寒"。'不可使闻于邻国。然细看词意,含蓄尚多。至少游'无端银烛殒秋风,灵犀得暗通'、'相看有似梦初回,只恐又抛人去、几时来',则竟为蔓草之偕臧,顿丘之执别,一一自供矣。词虽小技,亦见世风之升降。"

张祖望云:"'小楼吹彻',艳语也。"

《词苑丛谈》评此二词云："情致如许,当是叔宝后身。"

许嵩庐云："'细雨'二句,合看乃愈见其妙。"

陈廷焯云："南唐中宗《山花子》云:'还与韶光共憔悴,不堪看。'沉之至,郁之至,凄然欲绝。后主虽善言情,卒不能出其右也。"

黄蓼园云："'细雨'二句,意兴清幽;结'倚阑干'三字,亦有说不尽之意。"

王壬秋云："选声配色,恰是词语。"

王国维云："南唐中主词'菡萏香销翠叶残,西风愁起绿波间',大有众芳芜秽,美人迟暮之感。乃古今独赏其'细雨梦回鸡塞远,小楼吹彻玉笙寒',故知解人正不易得。"

虞美人

吕本注:"《尊前集》共八首,后主煜重光词也。"《南词》本注同。

《尊前集》注作中吕调。

《古今词谱》:"正宫曲,又入仙吕,四换头曲也。"

《词谱》:"《虞美人》,唐教坊曲名。《碧鸡漫志》云:'《虞美人》旧曲三,其一属中吕调,其一属中吕宫,近世又转入黄钟宫。元高拭词注南吕调。《乐府雅词》名《虞美人令》;周紫芝有'只恐怕寒、难近玉壶冰'句,名《玉壶冰》;张炎词赋柳儿,因名《忆柳曲》;王行词取李煜'恰似一江春水向东流'句,名《一江春水》。"

春花秋月何时了〔一〕。往事知多少。小楼昨夜又东风〔二〕。故国不堪回首月明中。　雕栏玉砌依然在〔三〕。只是朱颜改。问君都有几多愁〔四〕?恰是一江春水向东流〔五〕。

〔一〕月:《花庵词选》、《南词》本并作"叶"。

〔二〕小楼:马令《南唐书》作"小园","回首"作"翘首"。

〔三〕依然:《花庵词选》、《草堂诗余》、旧钞本并作"应犹"。

〔四〕问君:《尊前集》作"不知"。都有:《后山诗话》、《南词》本、侯本并作"能有",《花庵词选》作"还有",《草堂诗余隽》作"却有",《记红集》作"那有"。几多:《南词》本、旧钞本、《记红集》并作"许多"。

〔五〕恰是:《花草粹编》、《历代诗余》、《南词》本、谭本并作"恰似"。

《后山诗话》:王斿,平甫之子,尝云:"今语袭陈言,但能转移耳。世称秦少游《千秋岁》词'春去也,飞红万点愁如海'为新奇,不知李国主已云'问君能有几多愁? 恰似一江春水向东流',但以江为海耳。"

《野客丛书》:《后山诗话》载王平甫子斿谓秦少游"愁如海"之句,出于江南李后主"问君能有几多愁? 恰似一江春水向东流"之意,仆谓李后主之意,又有所自，白乐天诗曰："欲识愁多少？高于滟滪滩。"刘禹锡诗曰："蜀江春水拍天流，水流无限似侬愁。"得非祖此乎？则知好处前人皆已道过，后人但翻而用之耳。

《藏一话腴》：太白云："请君试问东流水，别意与之谁短长。"江南李主曰："问君还有几多愁？却似一江春水向东流。"略加融点，已觉精彩。至寇莱公则谓："愁情不断如春水。"少游云："落红万点愁如海。"青出于蓝而胜于蓝矣。

宋本《淮海居士长短句·江城子》注云：词人佳句，多是翻案古人语。如淮海此词"便做春江都是泪，流不尽、许多愁"，可谓警句。虽用李密数隋檄语，亦自李后主"问君都有几多愁？却似一江春水向东流"变化。名家如此类者不可枚举，亦一法也。

《避暑漫钞》：李煜归朝后，郁郁不乐，见于词语。在赐第七夕，命故妓作乐，声闻于外，太宗怒。又传"小楼昨夜又东风"及"一江春水向东流"之句，并坐之，遂被祸。

《琅嬛记》：紫竹爱缀词，一日手李后主集，其父元伯问曰："后主词中何处最佳？"答曰："问君能有几多愁？恰似一江春水向东流。"

《默记》：南唐徐铉归宋，事太宗。一日问："曾见李煜否?"铉对曰:"臣安敢私见之。"上遂令往。铉望门下马,一老卒守门,徐言:"愿见太尉。"卒言:"有旨不得与人接。"铉云:"奉旨来。"卒往报。铉入,立庭下久之,卒取旧椅子相对。铉遥谓卒曰:"但正衙一椅足矣。"顷间李王纱帽道服而出,铉方拜,遽下阶引其手以上。铉辞宾主,李曰:"今日岂有此礼。"铉引椅稍偏,乃敢坐。李默不言,忽长吁叹曰:"当时悔杀了潘佑、李平。"铉既去,有旨召对。铉不敢隐,遂有秦王赐牵机药之事。又:牵机药者,服之,前却数十回,头足相就如牵机状。

《乐府纪闻》:后主归宋后,与故宫人书云:"此中日夕只以眼泪洗面。"每怀故国,词调愈工,其赋《浪淘沙》、《虞美人》云云,旧臣闻之,有泣下者。七夕在赐第作乐,太宗闻之怒,更得其词,故有赐牵机药之事。

《唐余纪传》:煜以七夕日生,是日燕饮声伎,彻于禁中。太宗衔其有"故国不堪回首"之词,至是又愠其酣畅,乃命楚王元佐等携觞就其第而助之欢。酒阑,煜中牵机药毒而死。

《古今词话》:词盛于宋而国初宸翰无闻,然观钱俶之"金凤欲飞遭掣搦",为艺祖所赏;李煜之"一江春水向东流",为太宗所忌。开创之主,非不知词,不以词见耳。

《因树屋书影》:南唐李后主以七月七日生,亦以七月七日死;吴越王俶以八月二十四日生,亦以八月二十四日死。两王生死相同如此。海盐姚叔祥云:"后主以'故国不堪回首'句及徐铉所探语,赐牵机药死;忠懿荷礼最优,宜无他顾。两王皆以生辰死者,盖衔忌未消,各借生辰赐酒,阴毙之耳。"

李于鳞云:上有思故国之深情,下有付流水之多愁。

又云:较"细雨梦回鸡塞远,小楼吹彻玉笙寒",尤为高妙。

陈眉公云:只一"又"字,宋元以来钞者无数,终不厌烦。

沈际飞云:此驾幸词,不同于宫人自序,"莫教踏碎琼瑶","待踏清夜月",总是爱月,可谓生瑜生亮。①

又云:词家以山喻愁,以水喻愁,皆入情。"落红万点愁如海"、"一江春水向东流",以水喻也。方回云:"试问闲愁都几许?一川烟草,满城风絮,梅子黄时雨。"兼花木喻愁之多,更新特。

---

① 此条亦见本书《玉楼春》集评,此处似误植。——编者注

《花草蒙拾》：钟隐入汴后，"春花秋月"诸词，与"此中日夕，只以眼泪洗面"一帖，同是千古情种，较长城公煞是可怜。

又："小楼"二句、"问君"二句，情语也。

《古今词话》载江尚质语云：后主归宋作乐，声闻于外，已犯兴王之忌，不应以词召祸，如"故国不堪回首月明中"、"恰似一江春水向东流"，词则佳矣，其如势去何。

《淮海集》注：词人佳句，多是翻案古人语，如淮海此词，"便做春江都是泪，流不尽、许多愁"，可谓警句，虽用李密数隋檄语，亦自李后主"问君都有几多愁？却似　江春水向东流"变化。①

尤侗《延露词序》云："小楼昨夜"，《哀江头》之遗也。

王壬秋云："朱颜"本是山河，因归宋不敢言耳；若直说"山河改"，反又浅也。结亦恰到好处。

---

① 此条似重出。——编者注

乌夜啼

朱本作《锦堂春》。

《词谱》:"《乌夜啼》,唐教坊曲名。此调五字起者,或名《圣无忧》;六字起者,或名《锦堂春》,宋人俱填《锦堂春》体。其实始于南唐李煜,本名《乌夜啼》也,《词律》反以《乌夜啼》为别名者误。惟《相见欢》一调,别名《乌夜啼》,与此无涉。"

昨夜风兼雨,帘帏飒飒秋声。烛残漏断频欹枕〔一〕。起坐不能平。　　世事漫随流水,算来梦里浮生〔二〕。醉乡路稳宜频到,此外不堪行。

〔一〕漏断:《南词》本、旧钞本并作"漏滴"。
〔二〕梦里:《词谱》、《南词》本、侯本、朱本并作"一梦"。

一斛珠

《尊前集》注:"商调。"

《词谱》:"《宋史·乐志》名《一斛夜明珠》,属中吕调;又名《醉落魄》、《怨春风》、《醉落拓》。"

《古今词话》:"又名《斗黑麻》、《醉罗歌》。"

《草堂诗余》题作"咏佳人口",《历代诗余》题作"咏美人口"。

晓妆初过[一]。沉檀轻注些儿个。向人微露丁香颗。一曲清歌,暂引樱桃破。　罗袖裛残殷色可。杯深旋被香醪涴。绣床斜凭娇无那。烂嚼红茸,笑向檀郎唾。

[一] 晓妆:《全唐诗》、《历代诗余》、《词谱》并作"晚妆"。

《南唐拾遗记》:江南晚祀,建阳进茶油花子,大小形制各别。宫嫔缕金于面,皆淡妆。以此花饼施额上,时号北苑妆。

《词品》:画家七十二色,有檀色,浅赭所合。词所谓"檀画荔枝红"也,而妇女晕眉色似之。《花间集》如"背人匀檀注"、"浅眉微敛注檀轻"、"翠钿檀注助容光"是也。唐宋妇女闺妆之注檀痕,犹汉魏妇女之注玄的也。

《词筌》:词家多翻诗意入词,虽名流不免。吾常爱李后主《一斛珠》末句云:"绣床斜凭娇无那。烂嚼红绒,笑向檀郎唾。"杨孟载《春绣》绝句云:"闲情正在停针处,笑嚼红绒唾北窗。"此却翻词入诗,弥子瑕竟效颦于南子。

《坚瓠集》:诗词中多用"檀郎"字,檀喻其香也。

陈眉公云:天何不使后主现文士身,而必予以天子,位不配才,殊为恨恨。

沈际飞云:描画精细,似一篇小题绝好文字。又云:后主、炀帝辈,除却天子不为,使之作文士荡子,前无古,后无今。

子夜歌

《尊前集》作《子夜》。

谭本作《菩萨蛮》。《词谱》："《菩萨蛮》，唐教坊曲名。苏鹗《杜阳杂编》云：'大中初，女蛮国入贡，危髻金冠，璎络被体，号菩萨蛮队。当时倡优遂制《菩萨蛮》曲，文士亦往往声其词。'南唐李煜词名《子夜歌》。"

《古今词谱》："调属正平，又中吕四换头曲。"又名《重叠金》、《子夜歌》、《女王曲》、《花间意》。

《词律》又名《巫山一段云》。

《词谱》又名《菩萨鬟》、《梅花句》、《花溪碧》、《晚云烘日》。

人生愁恨何能免。销魂独我情何限。故国梦重归〔一〕。觉来双泪垂。　　高楼谁与上〔二〕？长记秋晴望。往事已成空。还如一梦中〔三〕。

〔一〕重归:《南唐书》作"初归"。

〔二〕上:旧钞本作"共"。

〔三〕《花草粹编》注:"又一阕云:'寻春须是阳春早,看花莫待花枝老'。惜后不全。"

马令《南唐书》本注:后主乐府词云:"故国梦初归,觉来双泪垂。"又云:"小楼昨夜又东风,故国不堪回首月明中。"皆思故国也。

更漏子

《尊前集》注作《大石调》。《花间集》作温庭筠词。

金雀钗,红粉面。花里暂时相见。知我意,感君怜。此情须问天。　　香作穗,蜡成泪。还似两人心意。山枕腻〔一〕,锦衾寒。夜来更漏残〔二〕。

〔一〕山枕:南词本、旧钞本并作"珊枕"。
〔二〕夜来:《花间集》作"觉来"。

临江仙

调别作《谢新恩》。

《古今词谱》作《仙吕宫曲》。

《词谱》:"唐教坊曲名。《花庵词选》云:'唐词多缘题作赋,《临江仙》之言水仙,亦其一也。'"又名《谢新恩》、《雁后归》、《画屏春》、《庭院深深》。

樱桃落尽春归去〔一〕,蝶翻金粉双飞〔二〕。子规啼月小楼西。画帘珠箔〔三〕,惆怅卷金泥〔四〕。　　门巷寂寥人去后〔五〕,望残烟草低迷〔六〕。

〔一〕"樱桃"句:《墨庄漫录》作"樱桃结子春光尽"。

〔二〕金粉:《耆旧续闻》、《尧山堂外纪》并作"轻粉"。

〔三〕"画帘"句:《耆旧续闻》、《墨庄漫录》并作"玉钩罗幕",《尧山堂外纪》作"曲阑珠箔",《苕溪渔隐丛话》作"曲阑金箔",《雪舟脞语》作"曲阑琼室"。

〔四〕"卷金泥":《耆旧续闻》作"暮烟垂",《词筌》引作"掩金泥"。

〔五〕门巷:《耆旧续闻》作"别巷"。人去后:《耆旧续闻》、《尧山堂外纪》并作"人散后"。

〔六〕以下诸本原阙。低迷:《乐府纪闻》、《词筌》并作"凄迷"。

吕本原注:《西清诗话》云:"后主围城中作此词,未就而城破。尝见残稿,点染晦昧,心方危窘,不在书耳。"案《实录》,开宝七年十月伐江南,明年十一月破升州。此词乃咏春,决非城破时作。然皇师围升州既一年,后主于围城中春作此词不可知。谭本注与此同。

旧钞本注与吕本注同,惟其下有"方是时其心岂不危急"九字。《南词》本注亦然。

《诗话总龟》云:自古文人,虽在艰危困踬之中,亦不忘于制述。盖性之所嗜,虽鼎镬在前不恤也。况下于此者乎?李后主在围城中,可谓危矣,犹作长短句,所谓"樱桃落尽春归去"云云,文未就而城破。蔡约之尝见其遗稿。

《耆旧续闻》：蔡绦作《西清诗话》，载江南后主《临江仙》，云"围城中书，其尾不全"，以予考之，殆不然。余家藏李后主《七佛戒经》，又杂书二木，皆作梵叶。中有《临江仙》，涂注数字，未尝不全。后则书太白词数章，是平日学书也。本江南中书舍人王克正家物，归陈魏公之孙世功君懋，予陈氏婿也。其词云："樱桃落尽春归去，蝶翻轻粉双飞。子规啼月小楼西。玉钩罗幕，惆怅暮烟垂。　别巷寂寥人散后，望残烟草低迷。炉香闲袅凤凰儿。空持罗带，回首恨依依。"后有苏子由题云："凄凉怨慕，真亡国之音也。"

刘笺云：案《词综》本注云："是词相传阙后三句，刘延仲补。而《耆旧续闻》所载，故是全作，当从之。"《宣和书谱》"御府所藏江南后主行书二十有四"，有乐府《临江仙》。

《墨庄漫录》：宣和间，蔡宝臣致君收南唐后主书数轴来京师，以献蔡绦约之。其一乃王师攻金陵，城垂破时，仓皇中作一疏祷于释氏，愿兵退之后，许造佛像若干身、菩萨若干身，斋僧若干万员，建殿宇若干所，其数皆甚多。字画潦草，然皆遒劲可爱，盖危窘急迫中所书也。又有看经发愿文，自称莲峰居士李煜。又有长短句《临江仙》云："樱桃结子春光尽,蝶翻金粉双飞。子规啼月小楼西。玉钩罗幕,惆怅卷金泥。　　门巷寂寥人去后,望残烟草低迷。"而无尾句。刘延仲为补之曰:"何时重听玉骢嘶。扑帘飞絮,依约梦回时。"刘笺云:"案康伯可亦有补足李重光词云:'樱桃落尽春归去,蝶翻金粉双飞。子规啼恨小楼西。曲屏珠箔,惆怅卷金泥。　　门巷寂寥人去后,望残烟草低迷。闲寻旧曲玉笙悲。关山千里恨,云汉月重规。'"

《词筌》:《词统》注载李后主作长短句,未就而城破。词曰:"樱桃落尽春归去,蝶翻轻粉双飞。子规啼月小楼西。曲阑珠箔,惆怅掩金泥。　　门巷寂寥人散后,望残烟草凄迷。"后缺三句。余偶读宋稗,其词乃《临江仙》也,刘延仲为之补云:"何时重听玉骢嘶。扑帘飞絮,依约梦回时。"虽不能高胜于前,比补花蕊夫人词者,相去远矣。

望江南

调别作《望江梅》。《词谱》名《忆江南》,注云:"唐段安节《乐府杂录》:此调乃李德裕为谢秋娘作,故名《谢秋娘》。因白居易词,更今名,又名《江南好》。又因刘禹锡词有'春去也,多谢洛城人'句,名《春去也》。温庭筠词有'梳洗罢,独自望江楼'句,名《望江南》。皇甫松词有'闲梦江南梅熟日'句,名《梦江南》,又名《梦江口》。李煜词名《望江梅》。此皆唐词单调,至宋词始为双调。王安中词有'安阳好,曲水似山阴'句,名《安阳好》。张滋词有'飞梦去,闲到玉京游',名《梦仙游》。蔡真人词有'铿铁板,闲引步虚声',故名《步虚声》。宋自逊词名《壶山好》,丘长春词名《望蓬莱》,《太平乐府》名《归塞北》。……《啸余谱》录李煜作,本单调词两首,故前后段各韵。双调始自宋人,即《海山记》伪托隋词八阕,亦前后一韵,不可不辨。"

《碧鸡漫志》:"此曲自唐至今,皆南吕宫,字句皆同。"

此词《南词》本、吕本、侯本并作一阕,《尊前集》、《全唐诗》、朱本皆分作二阕。

多少恨,昨夜梦魂中。还似旧时游上苑,车如流水马如龙。花月正春风。　　多少泪,断脸复横颐〔一〕。心事莫将如泪说〔二〕,凤笙休向泪时吹〔三〕。肠断更无疑。

〔一〕断脸:《全唐诗》作"沾袖"。
〔二〕如泪说:《历代诗余》、侯本并作"和泪说",《全唐诗》作"和泪滴"。
〔三〕泪时吹:《全唐诗》作"月明吹",《花草粹编》作"月时吹"。

《词品》:唐词"眼重眉褪不胜春",李后主词"多少泪,断脸复横颐"、元乐府"眼余眉剩",皆祖唐词之语。

清平乐

《词律》注:"又名《忆萝月》。"
《词统》、《草堂诗余》并题作"忆别"。

别来春半。触目愁肠断〔一〕。砌下落梅如雪乱〔二〕。拂了一身还满。　雁来音信无凭。路遥归梦难成。离恨恰如春草〔三〕,更行更远还生。

〔一〕愁肠:《南词》本作"柔肠"。
〔二〕下:毛本《尊前集》作"半"。
〔三〕恰如:《全唐诗》作"却如"。

《五国故事》:宫中以销金红罗幂其壁,以白银钉玳瑁而押之;又以绿钿刷隔眼,黏以红罗,种梅花于外;又于花间设朱画小木亭子。

沈际飞云：是"恨如芳草"、"划尽还生"稿子。

谭复堂云："泪眼问花花不语，乱红飞过秋千去"与此同妙。

采桑子

《教坊记》:"《采桑子》即古相和歌中《采桑曲》。"

《古今词谱》云:"大石调曲。"

《词谱》:"唐教坊曲有《杨下采桑》,调名本此。南唐李煜词名《丑奴儿令》,冯延巳调名《罗敷媚歌》。"刘笺云:"案此不作《丑奴儿令》。"与《词谱》所见异。

《尊前集》注作羽调。

杜文澜云:"案《全唐诗》作《采桑子》。此调为唐教坊大曲,一名《采桑》,一名《杨下采桑》。南卓《羯鼓录》作《凉下采桑》,属太簇角。冯正中词名《罗敷艳歌》,南唐后主词名《采桑子》,陈无己名《罗敷媚》,惟黄山谷名《丑奴儿》。万氏立《丑奴儿》为正格,误。"

《草堂诗余》、《草堂诗余隽》并作《丑奴儿令》。又《草堂诗余》题作"春思"。

亭前春逐红英尽〔一〕,舞态徘徊。□〔二〕雨霏微〔三〕。不放双眉时暂开。　　绿窗冷静芳音断〔四〕,香印成灰。可奈情怀〔五〕。欲睡朦胧入梦来。

〔一〕亭前:《南词》本作"庭前","红英"作"红花"。
〔二〕吕本原阙一字,《花草粹编》、《全唐诗》、侯本、《南词》本并作"细";旧钞本作"零"。
〔三〕霏微:《尊前》作"霏霏"。
〔四〕芳音:《南词》本作"芳英"。
〔五〕可奈:《花草粹编》作"可赖"。

《清异录》:后主每春盛时,梁栋窗壁、柱栱阶砌,并作隔筒,密插杂花,榜曰"锦洞天"。

《道山新闻》:李后主宫嫔窅娘纤丽善舞,后主作金莲,高六尺,饰以宝物、组带、缨络,莲中作品色瑞云。令窅娘以帛绕脚,令纤小屈上作新月状,素袜舞莲花中,回旋有凌云之态。唐镐诗曰:"莲中花更好,云里月常新。"由是人皆效之。

喜迁莺

《古今词谱》作正宫曲。

《词谱》注:"又名《鹤冲天》、《万年枝》、《春光好》、《喜迁莺令》、《燕归来》、《早梅芳》、《烘春桃李》。"

晓月坠〔一〕。宿云微〔二〕。无语枕凭欹〔三〕。梦回芳草思依依。天远雁声稀。　啼莺散,余花乱。寂寞画堂深院。片红休扫尽从伊。留待舞人归。

〔一〕晓:侯本作"晚"。坠:《南词》本作"堕"。
〔二〕云:《尊前集》作"烟"。
〔三〕凭欹:《南词》本、谭本、《全唐诗》并作"频欹"。

蝶恋花

《词律》注:"又名《一箩金》、《黄金缕》、《鹊踏枝》、《凤栖梧》、《明月生南浦》、《卷珠帘》、《鱼水同欢》。"

《词谱》注:"又名《细雨吹池沼》、《转调蝶恋花》。"

吕本注:"见《尊前集》。《本事曲》以为山东李冠作。"《南词》本注同。

《花庵词选》、《后山诗话》、《词品》、《渚山堂词话》、《草堂诗余隽》并以为李冠作,《乐府雅词》又以为欧阳修词。唯《尊前集》、《全唐诗》、《历代诗余》并作李后主词。

《花庵词选》题作"春暮"。

遥夜亭皋闲倒步〔一〕。乍过清明〔二〕,早觉伤春暮〔三〕。数点雨声风约住。朦胧淡月云来去。　　桃李依依春黯度〔四〕。谁在秋千〔五〕,笑里低低语〔六〕。一片芳心千万绪〔七〕。人间没个安排处。

〔一〕倒步:《历代诗余》、《全唐诗》、旧钞本、《南词》本并作"信步"。

〔二〕乍过:《全唐诗》作"才过",一作"过了"。

〔三〕早觉:《花庵词选》、《全唐诗》并作"渐觉"。伤春暮:一作"春将暮"。

〔四〕桃李:《花庵词选》、《尊前集》并作"桃杏"。依依:《花庵词选》作"依稀"。春黯度:《花庵词选》、《全唐诗》并作"香暗度",《尊前集》则作"风暗度"。

〔五〕谁在:《乐府雅词》作"谁上"。

〔六〕笑里:《尊前集》作"影里"。低低:《花庵词选》、《全唐诗》并作"轻轻"。

〔七〕"一片"句:《花庵词选》作"一寸相思千万缕"。

《后山诗话》:王介甫谓"云破月来花弄影",不如李冠"朦胧淡月云来去"。

陈眉公云:何不寄愁天上,埋忧地下。

潘游龙云:"没个安排处"与"愁来无着处"并绝。

沈际飞评"数点雨声"两句云:片时佳景,两语留之。

李于鳞云：上言景物，依稀如见；下言人心，憔悴难堪。又云：就暮云景色上写出，怀思万状，正是情随景驰。

乌夜啼

调即《相见欢》。

《词谱》:"《相见欢》,唐教坊曲名。南唐李煜词有'无言独上西楼,月如钩'句,更名《秋夜月》。又名《上西楼》,又名《西楼子》。康与之词名《忆真妃》。张辑词有'唯有渔竿明月上瓜州'句,因名《月上瓜州》,或名《乌夜啼》。"

杜文澜云:"按此调本唐腔,薛昭蕴一首正名《相见欢》,宋人则名为《乌夜啼》,而《锦堂春》亦名为《乌夜啼》。"

《乐府雅词·拾遗》调作《忆真妃》。

林花谢了春红。太匆匆。□恨朝来寒重晚来风〔一〕。　胭脂泪,流人醉〔二〕,几时重。自是人生长恨水长东〔三〕。

〔一〕□恨:吕本原阙一字,旧钞本、侯本、谭本并作"常恨"。《南词》本、《全唐诗》并作"无奈"。寒重:《南词》本、侯本、《全唐诗》、《花草粹编》并作"寒雨"。

〔二〕流人:《南词》本作"留人",《全唐诗》作"相留"。

〔三〕自是:《乐府雅词·拾遗》作"到了"。

《人间词话》:词至李后主而眼界始大,感慨遂深,遂变伶工之词而为士大夫之词。周介存置诸温、韦之下,可谓颠倒黑白矣。"自是人生长恨水长东"、"流水落花春去也,天上人间",《金荃》、《浣花》,能有此气象耶?

长相思

吕本注、《南词》本注并云:"曾端伯集《雅词》以为孙肖之作,非也。"

《词谱》:"唐教坊曲名。林逋词有'吴山青'句,名《吴山青》。张辑词有'江南山渐青'句,名《山渐青》。王行词名《青山相送迎》。《乐府雅词》名《长相思令》,又名《相思令》。"

《古今词话》:"又名《双红豆》、《忆多娇》。"

《乐府雅词》、《阳春白雪》并以为孙肖之作。

《草堂诗余》题作"佳人"。

云一緺[一]。玉一梭。淡淡衫儿薄薄罗[二]。轻颦双黛螺。　秋风多。雨相和[三]。帘外芭蕉三两窠。夜长人奈何!

〔一〕緺:《乐府雅词》作"髻",侯本作"罗"。
〔二〕衫儿:《阳春白雪》作"春衫"。

〔三〕相和：《全唐诗》、《历代诗余》、《花草粹编》并作"如和"。

《南唐书》：昭惠后创为高髻纤裳及首翘鬓朵之妆，人皆效之。

《宋史》：煜妓妾尝染碧，经夕未收，会露下，其色愈鲜明。煜爱之，自是宫中竞收露水染碧以衣之，谓之"天水碧"。

吴省兰《宫词》云：主香长日奉柔仪，铺殿花光望欲飞。等得新凉秋露满，忙收天水染罗衣。

沈际飞云：缘饰先佳。又云："多"字、"和"字妙，"三两窠"亦嫌其多也。

捣练子令

吕本注:"出《兰畹曲会》。"《花草粹编》注同。《南词》本注:"出《兰畹曲令》。"

王国维云:"王灼《碧鸡漫志》卷二:'《兰畹曲会》,孔宁极先生之子方平所集。'作'曲令',义较'曲会'为长。"

《尊前集》、《词谱》并以为冯延巳作。

沈雄《古今词话》:"此调又有《章台柳》、《解红歌》、《桂殿秋》、《潇湘神》、《赤枣子》、《深院月》等名。《古今乐录》云:'乐府《捣衣》,清商曲也,分平仄二韵。李后主即咏本意。'俞彦曰:'调名不一,宜细辨之。'"

《花草粹编》、《草堂诗余》并作《捣练子》。又《花草粹编》题作"闻砧",《草堂诗余》题作"秋闺"。

朱本据杨慎说作《鹧鸪天》。

深院静,小庭空。断续寒砧断续风〔一〕。
无奈夜长人不寐〔二〕,数声和月到帘栊〔三〕。

〔一〕寒砧:一作"声随"。

〔二〕"无奈"句:《尊前集》作"早是夜长人未寝"。

〔三〕《南词》本注:"此词见《西清诗话》。"恐误。

《词苑丛谈》:李重光"深院静"小令一阕,升庵曰:"词名《捣练子》,即咏捣练也。复有'云鬟乱'一篇,其词亦同。众刻无异。尝见一旧本,则俱系《鹧鸪天》,二词之前,各有半阕。其'云鬟乱'一阕云:'节候虽佳景渐阑,吴绫已暖越罗寒。朱扉日暮随风掩,一树藤花独自看。　云鬟乱,晚妆残。带恨眉儿远岫攒。斜托香腮春笋嫩,为谁和泪倚阑干。'其'深院静'一阕云:'塘水初澄似玉容,所思还在别离中。谁知九月初三夜,露似珍珠月似弓。　深院静,小庭空。断续寒砧断续风。无奈夜长人不寐,数声和月到帘栊。'"

《词笺》:此词增前四语,觉神彩加倍。

刘笺云:案《鹧鸪天》,唐人罕有填此调者。宋元诸作,亦只一体。《词谱》列晏几道词云:"彩袖殷勤捧玉钟,当年拚却醉颜红。舞低杨柳楼心月,歌尽桃花扇底风。　从别后,忆相逢。几回魂梦与君同。今宵剩把银釭照,犹恐相逢是梦中。"字句虽同,后段平仄全异。升庵孤说,恐不足信。

王国维云:案"可怜九月初三夜,露似真珠月似弓",此乐天《暮江吟》后二句,见《白氏长庆集》卷十九,后主不应全袭之。且《鹧鸪天》下半阕平仄亦与《捣练子》不合,显系明人赝作。徐氏信之,误矣。

杜文澜云:揆前四句,语气不类;且两复"月"字,恐属未确。

沈际飞云:词名《捣练子》,即咏"捣练"。大意以秋闺概之,唐词本体。又云:一事五句,系人肠肚无限。又云:张说"只知抱杵捣秋砧,不觉高堂已无月","和月"尤妙。

浣溪沙

《词谱》:"唐教坊曲名。张泌词有'露浓香泛小庭花'句,名《小庭花》。贺铸名《减字浣溪沙》。韩淲词有'芍药酴醾满院春'句,名《满院春》;有'东风拂槛露犹寒'句,名《东风寒》;有'一曲西风醉木犀'句,名《醉木犀》;有'霜后黄花菊自开'句,名《霜菊黄》;有'广寒曾折最高枝'句,名《广寒枝》;有'春风初试薄罗衫'句,名《试香罗》;有'清和风里绿阴初'句,名《清和风》;有'一番春事怨啼鹃'句,名《怨啼鹃》。"又:"此调全押仄韵者,止此一词,无别首可校。"

吕本汪·"此词见《西清诗话》。"

红日已高三丈透〔一〕。金炉次第添香兽。红锦地衣随步皱。　佳人舞点金钗溜〔二〕。酒恶时拈花蕊嗅。别殿遥闻箫鼓奏〔三〕。

〔一〕红日:《西清诗话》、《摭遗》、《扪虱新语》并作"帘日"。

〔二〕舞点:《西清诗话》、《摭遗》、《扪虱新语》并作"舞彻"。

〔三〕别殿遥闻:《西清诗话》、《扪虱新语》并作"别院时闻"。

《南唐拾遗记》:李后主居长秋,周氏居柔仪殿。有主香宫女,其焚香之器曰"把子莲"、"三云凤"、"折腰狮子"、"小三神"、"卍字金凤口罂"、"玉太古"、"容华鼎",凡数十种,皆金玉为之。

洪刍《香谱》:江南李主帐中香法,用丁香、馢香、沉香、檀香、麝香各一两,甲香三两,细锉,加以鹅梨十枚,研取汁,于银器内盛却,蒸三次,梨汁干,即用之。

《侯鲭录》:金陵人谓中酒曰"酒恶",则知后主词曰"酒恶时拈花蕊嗅",用乡人语也。

《扪虱新语》:帝王文章,自有一般富贵气象。国朝江南遣徐铉来朝,欲以辞胜。至诵后主秋月诗,太祖但笑曰:"此寒士语耳!吾不为也。吾微时,夜自华阴道逢月出,有句云'未离海底千山暗,才到中天万国明'。"铉闻惊服。太祖虽无意为文,然出语雄健如此。以予观李氏据江南全盛时,宫中词曰:"帘日已高三丈透。金炉次第添香兽。红锦地衣随步皱。　　佳人舞彻金钗溜。酒恶时拈花蕊嗅。别院时闻箫鼓奏。"议者谓与"时挑野菜和根煮,旋斫生柴带叶烧"者异矣。然太祖一日与朝臣议论不合,叹曰:"安得桑维翰者与之谋事乎?"左右曰:"维翰爱钱。"太祖曰:"措大家眼孔小,赐与十万贯,则塞破屋子矣!"以此言之,不知彼所谓"金炉"、"香兽"、"红锦"、"地衣",当费几万贯? 此语得无是措大家眼孔乎?

沈雄《古今词话》:李后主用仄韵,固是独唱。

《词筌》:有写景之工者,如尹鹗"尽日醉寻春,归来月满身",后主"酒恶时拈花蕊嗅",李易安"独抱浓愁无好梦,夜阑犹剪灯花弄",刘潜夫"贪与萧郎眉语,不知舞错伊州",皆入神之句。

吴省兰《宫词》云:北苑新妆的乳茶,六宫清宴内香夸。帐中别有留春法,熟取鹅梨一穗斜。

菩萨蛮

吕本注:"见《尊前集》。《杜寿域词》亦有此篇,而文少异。"《南词》本注同。此阕《尊前集》作《子夜啼》。

《花草粹编》题作"与周后妹",《草堂诗余》题作"闺思",《词统》题作"幽欢"。

花明月黯飞轻雾[一]。今朝好向郎边去[二]。刬袜出香阶[三]。手提金缕鞋[四]。　画堂南畔见[五]。一向偎人颤[六]。奴为出来难[七]。教君恣意怜[八]。

〔一〕飞轻雾:《南词》本、《全唐诗》并作"笼轻雾",《杜寿域词》作"朦胧雾"。

〔二〕今朝好向:《南词》本、《全唐诗》并作"今宵好向",《杜寿域词》作"此时欲往"。郎边:《雨村词话》引作"侬边"。

〔三〕刬：《全唐诗》作"衩"。出香阶：侯本、《南词》本、《全唐诗》并作"步香阶"，《尊前集》作"步香苔"，《历代诗余》引《古今词话》作"下香阶"，《杜寿域词》亦作"下香阶"。

〔四〕手提：《雨村词话》作"手携"。

〔五〕"画堂"句：《杜寿域词》作"药阑东畔见"。

〔六〕一向：《杜寿域词》作"执手"，《历代诗余》引《古今词话》作"一晌"。

〔七〕奴为：《尊前集》、《词综》并作"好为"。出来难：《花草粹编》作"去来难"，《雨村词话》作"出家难"。

〔八〕教君：《南词》本作"教郎"，《杜寿域词》作"从君"。

马令《南唐书》：后主继室周后，昭惠后之母弟也。警敏有才思，神彩端静。昭惠感疾，后尝出入卧内，而昭惠未之知也。一日，因立帐前，昭惠惊曰："妹在此邪？"后幼未识嫌疑，即以实告曰："已数日矣。"昭惠恶之，返卧不复顾。昭惠殂，后未胜礼服，待年宫中。明年，钟太后殂，后主服丧，故中宫位号久而未正。至开宝元年，始议立后为国后……后自昭惠殂，常在禁中，后主乐府词有"衩袜步香阶，手提金缕鞋"之类，多传于外。至纳后，乃成礼而已。翌日,大宴群臣,韩熙载以下,皆为诗以讽焉。而后主不之谴。

沈雄《古今词话》载孙琮语云:李后主词"奴为出来难,教君恣意怜",正是词家本色。

徐士俊云:"花明月暗"一语,珠声玉价。

《花草蒙拾》:牛给事"须作一生拚,尽君今日欢",狎昵已极,南唐"奴为出来难,教君恣意怜"本此。

吴省兰《宫词》云:致迎银鹅被绣陈,金钱四撒帐生春。明珠依旧深宵展,恰照香阶衩袜人。

许昂霄云:情真景真,与空中语自别。

张宗橚云:按海昌马衍斋先生曾令画工周兼写南唐小周后提鞋图,一时题咏甚众。查田、查浦两太史题句,载《敬业堂集》及《查浦诗钞》。厉孝廉太鸿《樊榭集》中,亦有数首。兹不具录。犹忆曩时花溪许蒿庐师馆余家,与先兄寒坪倡和此题,各赋七言绝句四章。偶从书笥中摒挡得之,附录于此,以见前辈风流雅韵也。蒿庐师云:"弱骨丰肌别样姿,双鬟初绾发齐眉。画堂南畔惊相见,正是盈盈十五时。""多少情惊眼色传,今宵刬袜向郎边。莫愁月黑帘栊暗,自有明珠彻夜悬。""正位还当开宝初,玉环遗恨问何如。任教搴幔工相妒,博得鳏夫一纸书。""一首新词出禁中,争传纤指挂双弓。不然谁晓深宫事,尽取春情付画工。"寒坪兄云:"教得君王恣意怜,香阶微步发垂肩。保仪玉貌流珠慧,输尔承恩最少年。""别恨瑶光付玉环,诔词酸楚自称鳏。岂知刬袜提鞋句,早唱新声《菩萨蛮》。""花明月暗是良媒,谁遣深宫侍疾来。惊问可怜人返卧,心知未解避嫌猜。""北征他日记匆匆,无复珠翘鬓朵工。一自宫门随例入,为渠宛转避房栊。"

《古今词话》:按此词及"铜簧韵脆"一首,为继立周后作也。周后即昭惠后之妹。昭惠感疾,周后常留禁中,故有"来便谐衷素"、"教君恣意怜"之语,声传外庭。至再立后,成礼而已。

潘游龙云:结语极俚,极真。

望江梅

调别作《望江南》,本单调两阕,《南词》本、吕本并误合为一,惟《全唐诗》、《历代诗余》、朱本并分为二。

闲梦远,南国正芳春。船上管弦江面绿,满城飞絮辊轻尘〔一〕。忙杀看花人〔二〕。　　闲梦远,南国正清秋〔三〕。千里江山寒色远〔四〕,芦花深处泊孤舟。笛在月明楼。

〔一〕辊:旧钞本、《全唐诗》并作"混",谭本作"滚"。

〔二〕忙杀:《花草粹编》、《全唐诗》并作"愁杀"。

〔三〕清秋:《历代诗余》作"新秋"。

〔四〕远:《历代诗余》、《全唐诗》并作"暮"。

菩萨蛮(二首)

蓬莱院闭天台女。画堂昼寝人无语。抛枕翠云光。绣衣闻异香。　潜来珠锁动〔一〕。惊觉银屏梦〔二〕。脸慢笑盈盈〔三〕。相看无限情。

〔一〕珠锁:《南词》本作"珠琐"。
〔二〕银屏:《全唐诗》、《历代诗余》并作"鸳鸯"。
〔三〕脸慢:《全唐诗》、《历代诗余》并作"慢脸"。

又

《草堂诗余》、《词统》并题作"宫词"。

铜簧韵脆锵寒竹。新声慢奏移纤玉。眼色暗相钩。秋波横欲流〔一〕。　　雨云深绣户,未便谐衷素〔二〕。宴罢又成空。梦迷春梦中〔三〕。

〔一〕秋波:《词林纪事》作"娇波"。

〔二〕未便:《全唐诗》、《历代诗余》、《词林纪事》作"来便"。

〔三〕梦迷:《南词》本、《花草粹编》并作"魂迷"。春梦:《全唐诗》、《词林纪事》并作"春睡",谭本作"春雨"。

沈际飞云:精切。

徐士俊云:后主词率意都妙,即如"衷素"二字,出他人口便村。

《填词名解》:南唐大周后即昭惠后,尝雪夜酣宴,举杯属后主起舞,后主曰:"汝能创为新声则可。"后即命笺缀谱,喉无滞音,笔无停思,谱成,为《邀醉舞破》。

阮郎归

吕本、《南词》本并题作"呈郑王十二弟",惟《南词》本注尚有"后有隶书东宫书府印"。刘笺云:"案欧阳修《五代史》:'李煜封弟从善韩王,从益郑王。'陆游《南唐书》'益'作'镒','郑'作'邓'。马令《南唐书》'郑'亦作'邓',而无'郑王'。考李焘《续通鉴长编》:'开宝四年十一月癸巳朔,江南国主遣其弟郑王从善来朝贡。'又徐铉《骑省集》有太尉中书令郑王从善诗,据此则郑王当是从善,云从益者非也。"王国维云:"按《五代史》《南唐·世家》,从益封郑王在后主即位之后,此既云'呈郑王',复有东宫府印,殊不可解,不知史误,抑手迹伪也。"邵长光云:"据马、陆《书》,韩王从善为元宗第七子,邓王从镒为第八子。从善使宋被留,后主手疏放归,不许。尝作《却登高文》以志哀,从善妻亦以忧卒。非十二弟也。"刘毓盘云:"或非后主作也。"

《草堂诗余》题作"春景"。

《词谱》:"唐宋人填此调者,只此一体。若黄词押韵游戏,非正体也。"又:"宋丁持正词有'碧桃春昼长'句,名《碧桃春》;李祁词名《醉桃源》;曹冠词名《宴桃源》;韩淲词有'濯缨一曲可流行'句,名《濯缨曲》。"

东风吹水日衔山〔一〕。春来长是闲〔二〕。落花狼藉酒阑珊〔三〕。笙歌醉梦间。　　佩声悄〔四〕,晚妆残。凭谁整翠鬟〔五〕。留连光景惜朱颜〔六〕。黄昏独倚阑〔七〕。

〔一〕吹水:《六一词》、《乐府雅词》并作"临水"。

〔二〕长是:《词谱》及沈时栋《古今词选》并作"长自"。

〔三〕落花:《阳春集》作"林花"。

〔四〕佩声悄:《草堂诗余》、《词谱》、《阳春》、《六一》并作"春睡觉"。

〔五〕凭谁:《草堂诗余》《词谱》《阳春》《六一》并作"无人"。

〔六〕惜:《阳春》作"喜"。

〔七〕独:《草堂诗余》、《阳春》、《六一》并作"人"。王国维云:"《南词》本漏此阕,从侯刻《名家词》补。"

吕本注:后有隶书东宫书府印。刘笺云:按此词又见欧阳修《六一词》,"吹"作"临",与《草堂诗余》

同。又见冯延巳《阳春集》,又《兰畹集》为晏殊作。今考本书有题有印,当从《草堂诗余》作后主为确。

陆游《南唐书》:从善字子师,元宗第七子。开宝四年遣朝太祖,拜泰宁军节度使,留京师,赐甲第汴阳坊。后主愈悲思,每凭高北望,泣下沾襟,左右不敢仰视。由是岁时游宴,多罢不讲。尝制《却登高文》曰:"玉罍澄醪,金盘□糕①,茱房气烈,菊蕊香豪。左右进而言曰:惟芳时之令月,可藉野以登高。矧上林之伺幸,而秋光之待褒乎?予告之曰:昔予之壮也,意如马,心如猱,情槃乐恣,欢赏忘劳。悁心志于金石,泥花月于诗骚,轻五陵之得侣,陋三秦之选曹。量珠聘妓,纫彩维艘,被墙宇以耗帛,论丘山而委糟。年年不负登临节,岁岁何曾舍逸遨。小作花枝金翦菊,长裁罗被翠为袍。岂知萑苇乎性,忘长夜之靡靡;宴安其毒,累大德于滔滔。今予之齿老矣,心凄焉而忉忉。怆家艰之如毁,萦离绪之郁陶。陟彼冈兮企予足,望复关兮睇予目。原有鸰兮相从飞,嗟予季兮不来归。空苍苍兮风凄凄,心踯躅兮泪涟②。无一欢之可作,有万绪兮缠

---

① □:《全唐文》卷一二八李煜《却登高文》作"绣"。——编者注
② 此句《全唐文》卷一二八李煜《却登高文》作"心踯躅兮泪涟洏"。——编者注

悲。於戏噫嘻！尔之告我，曾非所宜。"太平兴国初，改右千牛卫上将军。雍熙四年卒，年四十八。

李于鳞云：上写其如醉如梦，下有黄昏独坐之寂寞。又云：似天台仙女，伫望归期，神思为阮郎飘荡。

沈际飞云：意绪亦似归宋后作。

浪淘沙

吕本、《南词》本并注:"传自池州夏氏。"

《词谱》收此词作《浪淘沙令》,注云:"《乐章集》注:歇指调。蒋氏《九宫谱目》:越调。按《唐书·礼乐志》,歇指调乃林钟律之商声,越调乃无射律之商声也。贺铸词名《曲入冥》,李清照词名《卖花声》,史达祖词名《过龙门》,马钰词名《炼丹砂》。按唐人《浪淘沙》本七言断句,至南唐李煜始制两段令词,虽每段尚存七言诗两句,其实因旧曲名另创新声也。杜安世词于前段起句减一字,柳永词于前后段起句各减一字,均为令词,句读悉同。即朱祁、杜安世仄韵词,稍变音节,然前后第二句四字、第三句七字,其源亦出于李煜词也。至柳永、周邦彦别作慢词,与此截然不同,盖调长拍缓,即古曼声之意也。《词律》于令词强为分体,于慢词或为类列者误。"

《草堂诗余》题作"感念"。

往事只堪哀。对景难排。秋风庭院藓侵阶。一行珠帘闲不卷〔一〕,终日谁来。　　金锁已沉埋〔二〕。壮气蒿莱。晚凉天静月华开〔三〕。想得玉楼瑶殿影,空照秦淮。

〔一〕一行:《南词》本、旧钞本并作"一任",《历代诗余》《全唐诗》、侯本并作"一桁",《草堂诗余续集》则作"一片"。

〔二〕金锁:《南词》本作"金琐",侯本、《全唐诗》、《花草粹编》并作"金剑"。《草堂诗余续集》此句作"金敛玉沉埋"。

〔三〕天静:《南词》本作"天净"。

沈际飞云:此在汴京念秣陵事,读不忍竟。又云:"终日谁来"四字惨。

采桑子

此词及"风回小院"一首,《南词》本、吕本并注云:"二词墨迹在王季宫判院家。"

《草堂诗余》作《丑奴儿令》,题作"秋怨"。

辘轳金井梧桐晚,几树惊秋。昼雨新愁〔一〕。百尺虾须在玉钩〔二〕。　　琼窗春断双蛾皱。回首边头。欲寄鳞游。九曲寒波不溯流。

〔一〕昼雨:一作"旧雨"。新愁:《草堂诗余》作"和愁",《全唐诗》、《花草粹编》、《历代诗余》并作"如愁"。

〔二〕在:《草堂诗余》、《花草粹编》、《全唐诗》、《历代诗余》并作"上"。

沈际飞云:何关鱼雁山水,而词人一往寄情,煞甚相关。秦、李诸人多用此诀。

李于鳞云：上"秋愁不绝浑如雨"，下"情思欲诉寄与鳞"。又云：观其愁情欲寄处，自是一字一泪。

虞美人

《草堂诗余》题作"春怨"。

风回小院庭芜绿。柳眼春相续。凭阑半日独无言。依旧竹声新月似当年。　　笙歌未散尊前在〔一〕。池面冰初解。烛明香暗画歌深〔二〕。满鬓清霜残雪思难任〔三〕。

〔一〕尊前:《草堂诗余》、《词谱》、侯本并作"尊罍"。
〔二〕画歌:《草堂诗余》、《南词》本并作"画楼",《词谱》作"画阑",《花草粹编》作"画阁",谭本作"画堂"。
〔三〕任:《词谱》、《全唐诗》作"禁"。

沈际飞云:此亦在汴京忆旧乎? 又云:华疏采会,哀音断绝。

谭复堂云:二词终当以神品目之。

玉楼春

《词谱》:"李煜词名《惜春容》,朱希真词名《西湖曲》,康与之词名《玉楼春令》,《高丽史·乐志》词名《归朝欢令》。《尊前集》注:大石调,又双调;《乐章集》注:大石调,又林钟商调。皆李煜词体也。"刘笺云:"案《词谱》云:'《玉楼春》,李煜词名《惜春容》。'与此本异。"

吕本注:"已下二词传自曹公显节度家,云墨迹旧在京师梁门外李王寺一老居士处,故弊难读。"

《南词》本、旧钞本并有注,同吕本,惟老居士并作"老尼"。

《草堂诗余》题作"宫词"。

晚妆初了明肌雪〔一〕。春殿嫔娥鱼贯列〔二〕。笙箫吹断水云间〔三〕,重按霓裳歌遍彻。　临春谁更飘香屑〔四〕。醉拍阑干情味切〔五〕。归时休照烛花红〔六〕,待放马蹄清夜月〔七〕。

〔一〕晚妆:《草堂诗余续集》作"晓妆"。

〔二〕嫔娥:《词苑丛谈》作"嫦娥"。

〔三〕笙箫吹断:《词谱》、《词林纪事》并作"凤箫声断",《草堂诗余隽》作"凤箫初断",《天籁轩词谱》作"凤箫声彻"。

〔四〕临春:《词谱》、《词林纪事》并作"临风"。

〔五〕情味:《草堂诗余》、《词林纪事》并作"情未"。

〔六〕休照:《南词》本、《词谱》、《词林纪事》并作"休放"。烛花:《南词》本作"烛光"。

〔七〕待放:《南词》本、《词谱》、《词林纪事》并作"待踏",《天籁轩词谱》作"醉踏"。

《碧鸡漫志》:李后主作昭惠后诔云:"《霓裳羽衣曲》,绵兹丧乱,世罕闻者,获其旧谱,残缺颇甚。暇日与后详定,去彼淫繁,定其缺坠。"

《渔隐丛话》:《霓裳羽衣曲》世无传者,好事者每惜之。《江表志》载周后独能按谱求之。徐常侍铉有《听霓裳送以诗》云:"此是开元太平曲,莫教偏作别离声。"则江南时犹在也。

陆游《南唐书》:后主昭惠国后,小名娥皇,通书史,善歌舞,尤工琵琶。故唐盛时,《霓裳羽衣》最为大曲,乱离之后,绝不复传。后得残谱,以琵琶奏之,于是开元天宝之遗音复传于世。内史舍人徐铉闻之于国工曹生,铉亦知音,问曰:"法曲终则缓,此声乃反急,何也?"曹生曰:"旧谱实缓,宫中有人易之,非吉征也。"

《七修类稿》:其音属黄钟,其调属商,其谱三十六段,其奏乐用女人三十,每番十人迭奏,而音极清高。

《词苑丛谈》:李后主宫中未尝点烛,每至夜则悬大宝珠,光照一室如日中。尝赋《玉楼春》宫词曰:"晚妆初了明肌雪,春殿嫔娥鱼贯列。笙箫吹断水云间,重按霓裳歌遍彻。临春谁更飘香屑,醉拍阑干情未切。归时休照烛花红,待放马蹄清夜月。"王阮亭《南唐宫词》云:"花下投签漏滴壶,秦淮宫殿浸虚无。从兹明月无颜色,御阁新悬照夜珠。"极能道其遗事。

吕省兰《宫词》云:烧槽拜赐出东房,新破番番迭和长。要倩重瞳频醉舞,麝囊花底按霓裳。

马令《南唐书·昭惠后传》载后主诔云:霓裳旧曲,韬音沦世。失味齐音,犹伤孔氏。故国遗声,忍乎湮坠。我稽其美,尔扬其秘。程度余律,重新雅制。

李于鳞云：上叙凤辇出游之乐，下叙鸾舆归来之乐。又云：此驾幸之词，与宫人自叙不同，况主上行乐处，可不识体？

沈际飞云：此驾幸之词，不同于宫人自叙。"莫教踏碎琼瑶"、"待踏清夜月"，总是爱月，可谓生瑜生亮。又云：侈纵已极，那得不失江山。《浪淘沙》词即极凄楚，何足赎也？

王世贞云："归时休放烛花红，待踏马蹄清夜月"，致语也。"问君能有几多愁，却似一江春水向东流"，情语也。后主直是词手。

许蒿庐云：《霓裳曲》十二遍而终，见香山诗自注。飘香屑，疑指落花言之。

谭复堂云：豪宕。

子夜歌

《历代诗余》调作《菩萨蛮》。

寻春须是先春早。看花莫待花枝老。缥色玉柔擎。醅浮盏面□〔一〕。□□频笑粲〔二〕。禁苑春归晚〔三〕。同醉与闲平〔四〕。诗时羯鼓成〔五〕。

〔一〕醅浮:朱本作"光浮"。盏面□:《历代诗余》作"盏面清",《南词》本、吕本并阙"清"字。

〔二〕"□□"下,《南词》本、吕本并注:"二字漫灭不可认,疑是何妨字"。《历代诗余》正作"何妨"。

〔三〕禁苑:《历代诗余》作"禁院"。

〔四〕同醉:朱本作"闲醉"、"闲平"。

〔五〕"诗时"句:谭本、《历代诗余》作"诗随叠鼓成"。

谢新恩（六首）

吕本注："以下六词墨迹在孟郡王家。"《南词》本注"六词墨迹"作"六首真迹"。

《词谱》："《临江仙》，唐教坊曲名。李煜词名《谢新恩》。"

一

金窗力困起还慵。〔一〕

〔一〕以下《南词》本、吕本并阙。刘笺云："案此调起句七字，唐宋诸家无有作平住者。予案此七字，《花草粹编》、《历代诗余》、《词谱》、《全唐诗》均在第四阕。"

二

秦楼不见吹箫女，空余上苑风光。粉

英金蕊自低昂〔一〕。东风恼我,纔发一襟香〔二〕。　　琼窗□梦留残日〔三〕,当年得恨何长。碧阑干外映垂杨。暂时相见,如梦懒思量〔四〕。

〔一〕金蕊:《南词》本作"含蕊"。
〔二〕纔发:《南词》本、旧钞本并作"才发"。
〔三〕□:吕本原阙。《南词》本作"梦□留残日",《历代诗余》作"笛残日"。
〔四〕懒思:侯本作"俄思"。

三

樱花落尽阶前月,象妆愁倚熏笼〔一〕。远是去年今日恨还同〔二〕。　　双鬟不整云憔悴,泪沾红抹胸。何处相思苦?纱窗醉梦中〔三〕。

〔一〕象妆:《南词》本、谭本作"象床"。
〔二〕远是:《南词》本作"远似"。
〔三〕刘笺云:此阕字句敓误,无别本可校。

四

朱本分此阕为二。

庭空客散人归后,画堂半掩珠帘。林风淅淅夜厌厌。小楼新月,回首自纤纤〔一〕。　春光镇在人空老,新愁往恨何穷。□□□□□□□〔二〕。一声羌笛,惊起醉怡容。

〔一〕《南词》本注:下阙。
〔二〕吕本、《南词本》并阙七字,《词谱》作"金刀力困起还慵",《花草粹编》、《历代诗余》、《全唐诗》并作"金窗力困起还慵"。

五

樱桃落尽春将困,秋千架下归时。漏暗〔一〕斜月迟迟在花枝〔二〕。彻晓纱窗下,待来君不知〔三〕。

〔一〕《南词》本、吕本并注:二字又疑是"满阶"。

〔二〕吕本注:阙十二字。在花枝:《南词》本作"花在枝"。

〔三〕刘笺云:此阕并原注阙缪不可考。

六

朱本调作《醉花间》。

此阕《历代诗余》、吕本不分作二叠,《南词》本、谭本于"坠"字分段。叶小庚《天籁轩词谱》于"处"字分段。

冉冉秋光留不住。满阶红叶暮。又是过重阳,台榭登临处。茱萸香坠紫,菊气飘庭户。晚烟笼细雨。雝雝新雁咽寒声〔一〕,愁恨年年长相似〔二〕。

〔一〕雝雝:《南词》本作"嗈嗈"。寒:吕本注"一作'愁'"。

〔二〕相似:《历代诗余》作"相侣"。刘笺云:此阕既不分段,亦不类本调,而他调亦无有似此填者。案以上六词原注谓出孟郡王家墨迹,疑当时纸幅断烂,录者谨依,错简如此。

破阵子

《词谱》:"唐教坊曲名,一名《十拍子》。陈旸《乐书》云:'唐《破阵乐》属龟兹部,秦王所制,舞用二千人,皆画衣甲,执旗旆。外藩镇春衣犒军设乐,亦舞此曲,兼马军引入场,尤壮观也。'按唐《破阵乐》乃七言绝句,此盖因旧曲名,另度新声。元高拭词注:正宫。"

四十年来家国〔一〕,三千里地山河〔二〕。凤阁龙楼连霄汉〔三〕,玉树琼枝作烟萝。几曾识干戈〔四〕? 一旦归为臣虏〔五〕,沈郎潘鬓销磨〔六〕。最是仓皇辞庙日,教坊犹奏别离歌〔七〕。垂泪对宫娥〔八〕。

〔一〕四十年来:《词苑丛谈》作"三十年余"。

〔二〕三千里地:《词苑丛谈》作"数千里地",《南唐拾遗记》作"里外"。

〔三〕凤阁:《花草粹编》、《南词》本并作"凤阁",《全唐诗》作"凤阙"。

〔四〕识:《词苑丛谈》作"惯"。

〔五〕臣虏:《词苑丛谈》作"臣妾",《词林纪事》作"臣仆"。

〔六〕沈郎:《南词》本、谭本、《花草粹编》并作"沈腰"。

〔七〕犹奏:《花草粹编》、《词林纪事》并作"独奏"。《两般秋雨庵随笔》作"不堪重听教坊歌"。

〔八〕垂泪:《容斋随笔》、《词苑丛谈》、《两般秋雨庵随笔》并作"挥泪"。

吕本注:东坡云:"后主既为樊若水所卖,举国与人,故当恸哭于九庙之外,谢其民而后行,顾乃挥泪宫娥,听教坊离曲,何哉?"刘笺云:案此见《东坡志林》。

《南词》本注与吕本注同,惟末句无"何"字。

《南唐拾遗记》:东坡云:"后主既为樊若水所卖,举国与人,故当恸哭于九庙之外,谢其民而后行,顾乃挥泪宫娥,听教坊离曲,何哉?"案此词或是追赋,倘煜是时犹作词,则全无心肝矣。至若挥泪听歌,特词人偶然语,且据煜词,则挥泪本为哭庙,而离歌乃伶人见煜辞庙而自奏耳。

《两般秋雨庵随笔》：南唐李后主词"最是仓皇辞庙日，不堪重听教坊歌。挥泪对宫娥"，讥之者曰："仓皇辞庙，不挥泪于宗社，而挥泪于宫娥，其失业也宜矣。"不知以为君之道责后主，则当责之于在位之日，不当责之于亡国之时。若以填词之法绳后主，则此泪对宫娥挥为有情，对宗社挥为乏味也。此与宋蓉塘讥白香山诗谓"忆妓多于忆民"，同一腐论。

《希通录》：项羽夜闻汉军四面皆楚歌，泣数行下，歌曰："力拔山兮气盖世，时不利兮骓不逝。骓不逝兮可奈何，虞兮虞兮奈若何！"《东坡志林》载李后主去国之词云："四十年来家国，三千里地山河。凤阁龙楼连霄汉，玉树琼枝作烟萝。几曾识干戈？　一旦归为臣虏，沈郎潘鬓销磨。最是仓皇辞庙日，教坊犹奏别离歌，挥泪对宫娥。"歌词凄惋，同归一揆。然项王悲歌慷慨，犹有喑呜叱咤之气，后主直是养成儿女子态耳。

尤侗《西堂全集》：东坡谓"后主既为樊若水所卖，举国与人，故当恸哭于九庙之外，谢其民而后行，何必挥泪对宫娥，听教坊离曲"，然不独后主然也。安禄山之乱，明皇将迁幸，当是时，渔阳鼙鼓惊破霓裳，天子下殿走矣，犹恋恋于梨园一曲，何异

"挥泪对宫娥"乎？后主尝寄旧宫人书云："此中日夕只以眼泪洗面。"而旧宫人入掖庭者，手写佛经为李郎资冥福，此种情况，自是可怜。乃太宗以"小楼昨夜又东风"置之死地，不犹炀帝以"空梁落燕泥"杀薛道衡乎？

《瓮牖闲评》：苏东坡记李后主去国辞云："最是仓皇辞庙日，教坊犹奏别离歌，挥泪对宫娥。"以为后主失国，当恸哭于庙门之外，谢其民而后行，乃对宫娥听乐，形于词句。余谓此决非后主词也，特后人附会为之耳。观曹彬下江南时，后主豫令宫中积薪，誓言若社稷失守，当携血肉以赴火，其厉志如此。后虽不免归朝，然当时更有甚教坊，何暇对宫娥哉？

《坚瓠集》：其词凄怆，与项羽拔山之歌同出一揆。然羽为差胜，悲歌慷慨，犹有喑呜叱咤之气，后主浑是养成儿女之态。至梁武帝稔侯景之祸，毒流江左，乃曰："自我得之，自我失之，亦复何恨！"直如穷儿呼卢，骤胜骤负，无所爱惜，特付之一拚耳。

浪淘沙令谭本无令字

杜文澜《词律校勘记》："万氏所收皇甫子奇'蛮歌豆蔻北人愁'一首,作七言断句,为此调正格。又李后主'帘外雨潺潺'一首,虽每段尚存七言二句,实因旧曲名另制新声也。其柳耆卿'有箇人人'一首,于前后起句各增一字,句逗悉同。又宋子京'少年不管'一首,用仄韵,音节稍变,其源皆出于李后主。应以李后主词为《浪淘沙令》,以柳、宋二词为又一体。今万氏以李、宋二词为又一体,于柳词加'令'字,似未恰。"

《类编草堂诗余》题作"怀旧"。

帘外雨潺潺。春意将阑〔一〕。罗衾不暖五更寒〔二〕。梦里不知身是客〔三〕,一饷〔四〕贪欢。　　独自莫凭阑。无限关山〔五〕。别时容易见时难。流水落花归去也〔六〕,天上人间。

〔一〕将阑:《南词》本、《花庵词选》、《花草粹编》并作"阑珊"。

〔二〕不暖:《南词》本、《词谱》并作"不耐",《行营杂录》作"不奈"。

〔三〕是客:《花草粹编》作"似客"。

〔四〕饷:谭本作"晌"。

〔五〕关山:《南词》本、《花庵词选》、《草堂诗余》、《花草粹编》并作"江山"。

〔六〕归去:吕本注:"一作何处。"《南词》本、《草堂诗余》、《花草粹编》并作"春去"。

吕本注:《西清诗话》云:"后主归朝后,每怀江国,且念嫔妾散落,郁郁不自聊,遂作此词。含思凄婉,未几下世。"《南词》本注同吕本。

《能改斋漫录》:《颜氏家训》曰:"别易会难,古人所重,江南饯送,下泣言离。北间风俗,不屑此事,歧路言离,欢言分手。"李后主长短句盖用此耳,故云"别时容易见时难",又云"别易会难无可奈"。颜说又本《文选》陆士衡《答贾谧诗》云:"分索则易,携手实难。"

李于麟云:上叙旅客思之远,下叙别后见甚

难。又云：此词乃思唐故国，着无限江山意，结云"春去也"，悲悼万状，为之泪不收久许。

沈际飞云：梦觉语妙，那知半生富贵，醒亦是梦耶？又云：末句可言不可言，伤哉！

贺黄公云：南唐主《浪淘沙》曰："梦里不知身是客，一饷贪欢。"至宣和帝《燕山亭》则曰"无据，和梦也有时不做"，其情更惨矣。呜呼！此犹《麦秀》之后有《黍离》耶？

许昂霄云：全首语意惨然。

谭复堂云：雄奇幽怨，乃兼二难，后起稼轩，稍伧父矣。

王壬秋云：高妙超脱，一往情深。

张德瀛云："梦里不知身是客，一晌贪欢。"张蜕岩词："客里不知身是梦，只在吴山。"行役之情，见于言外，足以知畦径之所见。

郭频伽云：绵邈飘忽之音，最为感人深至，李后主之"梦里不知身是客，一晌贪欢"所以独绝也。

浣溪沙（二首）

以下十二首并王国维所补。

案此词至正本《草堂诗余》不注名氏，但其前阕为中主之"手卷真珠上玉钩"。自陈钟秀本《草堂诗余》误涉前首作中主词以后，类编本《草堂诗余》、《草堂诗余隽》、《历代诗余》、《花草粹编》并误作中主。检元本《东坡乐府》亦收此阕，或即为东坡之作也。

《草堂诗余》题作"春恨"。

风压〔一〕轻云贴水飞。乍晴池馆燕争泥。沈郎多病不胜衣。　沙上未闻鸿雁信，竹间时有鹧鸪啼〔二〕。此情惟有落花知。

〔一〕压：《草堂诗余》作"约"。
〔二〕时有：《全唐诗》作"时听"。

刘笺云：案《草堂诗余》载此调中主作，凡二阕。又一阕见晏殊《珠玉词》，毛晋注云：向误入《南唐二主词》。而词中"无可奈何花落去"二句，又见《复斋漫录》，为殊《示张寺丞王校勘》七言律诗之腹联。《十国春秋》注则二词与《帝台春》一阕并属中主，称为绝伦。而《帝台春》词，《花庵词选》、《草堂诗余》并李景元作，《词谱》李甲作。《词人姓氏考》："李甲，字景元，宋华亭人。"是甲与景元本一人，非中主词。

李于麟云：上是惜郎病，深情最隐；下是假落花，知己难言。又云："乍雨乍晴花自落，闲愁闲闷日偏长。"二语似可以评此。

又

此词类编本《草堂诗余》及《草堂诗余隽》作中主。

别见晏殊《珠玉词》，陈钟秀本《草堂诗余》作晏几道词。

一曲新词酒一杯。去年天气旧楼台〔一〕。

夕阳西下几时回？　　无可奈何花落去，似曾相识燕归来。小园香径独徘徊。

〔一〕楼台：《珠玉词》作"亭台"。

《苕溪渔隐丛话》：晏元献公赴杭州，道过维扬，憩大明寺。冥目徐行，使侍吏诵壁间诗词，戒其勿言爵里姓名，终篇者无几。又俾别诵一诗云："水调隋宫曲，当年亦九成。哀音已亡国，废沼尚留名。仪凤终陈迹，鸣蛙只废声。凄凉不可问，落日下芜城。"徐问之，江都尉王琪诗也。召至同饮，又同步游池上。春晚已有落花，晏云："每得句书墙壁间，或弥年未尝强对，且如'无可奈何花落去'，至今未能也。"王应声曰："似曾相识燕归来。"自此辟置馆职。

杨升庵云："无可奈何"二语工丽，天然奇偶。

李于麟云：上有酌酒狂歌之雅兴，下有问花听鸟之幽怀。又云：只口头几语，令人把玩不尽。

徐士俊云：实处易工，虚处难工，对法之妙无两。

《花草蒙拾》：或问诗词、词曲分界，予曰："'无可奈何花落去，似曾相识燕归来'，定非《香奁诗》；'良辰美景奈何天，赏心乐事谁家院'，定非《草堂词》也。"

相见欢

此词见《花庵词选》及《草堂诗余》，后主作。
《草堂诗余》题作"离怀"。
《花草粹编》引《古今词话》，以为孟昶作。

无言独上西楼。月如钩。寂寞梧桐深院锁清秋〔一〕。　　剪不断，理还乱，是离愁。别是一般滋味〔二〕在心头。

〔一〕清秋：一作"深秋"。
〔二〕别是：《花草粹编》、《草堂诗余》并作"别有"。

《花庵词选》：此词最凄惋，所谓"亡国之音哀以思"。《白香词谱笺》云：按此乃黄叔旸本苏黄门语。

沈际飞云：七情所至，浅尝者说破，深尝者说不破。破之浅，不破之深，"别是"句妙。

谭复堂云：前半阕濡染大笔。

王壬秋云：词之妙处亦别是一般滋味。

更漏子

此词见《尊前集》,后主作。

《花间集》、《花庵词选》、《草堂诗余》均题温飞卿作。

《尊前集》注:"大石调"。

柳丝长[一],春雨细。花外漏声迢递。惊寒雁[二],起寒乌[三]。画屏金鹧鸪。　香雾薄,透重幕[四]。惆怅谢家池阁。红烛背,绣帷垂[五]。梦长君不知。

[一] 柳丝:梅禹金本《尊前集》作"柳絮"。
[二] 寒雁:《尊前集》、《花庵词选》并作"塞雁"。
[三] 寒乌:《花庵词选》作"城乌"。
[四] 重幕:《花间集》、《花庵词选》并作"帘幕"。
[五] 绣帷:《花间集》、《花庵词选》并作"绣帘"。

长相思

此词见《草堂诗余》及《历代诗余》,后主作。
别见邓肃《栟榈词》。
《草堂诗余》题作"秋怨"。

　　一重山。两重山。山远天高烟水寒。相思枫叶丹。　　菊花开,菊花残。塞雁高飞人未还。一帘风月闲。

李于鳞云:因隔山水,而起各天之思;为对枫菊,而想后人之归。又云:怨从思中生而怨不露,是长于诗者。

沈际飞云:冷艳。

杨柳枝

此词见《历代诗余》及《全唐诗》,后主作。

《晨风阁丛书》本作《柳枝》。

《全唐诗》题作《赐宫人庆奴》。

《词谱》:"唐教坊曲名。按白居易诗注:'《杨柳枝》,洛下新声。'其诗云'听取新翻杨柳枝'是也。薛能诗序:'令部伎作《杨柳枝》健舞,复度新声。'其诗云'试踏吹声作唱声'是也。盖乐府横吹曲有《折杨柳》名,此则借旧曲名另创新声,后遂入教坊耳。"

风情渐老见春羞。到处芳魂感旧游〔一〕。多见长条似相识〔二〕,强垂烟穗拂人头〔三〕。

〔一〕芳魂:《墨庄漫录》作"消魂"。
〔二〕多见:一作"多谢"。
〔三〕烟穗:《墨庄漫录》作"烟态"。

《客座赘语》：南唐宫人庆奴，后主尝赐以词云："风情渐老见春羞。到处芳魂感旧游。多见长条似相识，强垂烟穗拂人头。"书于黄罗扇上，流落人间，盖《柳枝》词也。

王国维云：《墨庄漫录》云："后主书此词于黄罗扇上，赐宫人庆奴，实《柳枝》词也。"

后庭花破子

《词谱》:"《太平乐府》注:仙吕调。《唐书·礼乐志》:夷则羽,俗呼仙吕调。此金元小令,与唐词《后庭花》、宋词《玉树后庭花》异。所谓破子者,以其繁声入破也。"案《词谱》所言误,盖不知陈旸《乐书》已先录此调也。

陈旸《乐书》:"《后庭花破子》,李后主、冯延巳相率为之,其词如上,但不知李作抑冯作也。"

《花草粹编》录此词,失注作者。

《遗山乐府》亦收此词。

玉树后庭前。瑶草妆镜边。去年花不老,今年月又圆。莫教偏。和月和花〔一〕,天教长少年〔二〕。

〔一〕和月和花:《花草粹编》作"和月和月"。
〔二〕天教:《花草粹编》作"大家"。

三台令

此词见《历代诗余》引《古今词话》,又见沈雄《古今词话》引《教坊记》,并作后主词。

《词谱》作《三台》,注云:"唐教坊曲名。宋李济翁《资暇录》:'《三台》,今之啐酒三十拍促曲。'啐,送酒声也。宋张表臣《珊瑚钩诗话》:'乐部中有促拍催酒,谓之《三台》。'沈括词名《开元乐》,因结有'翠华满陌东风'句,名《翠华引》。"

沈雄《古今词话》:"《三台》舞曲,自汉有之。唐王建、刘禹锡、韦应物诸人,有宫中、上皇、江南、突厥之别。《教坊记》亦载五七言体,如'不寐倦长更,披衣出户行。月寒秋竹冷,风切夜窗声',传是李后主《三台》词。'雁门关上雁初飞,马邑阑中马正肥。陌上朝来逢驿使,殷勤南北送征衣。'传是盛小丛《三台》词。今词不收五七言,而收六言四句。"

不寐倦长更,披衣出户行。月寒秋竹冷,风切夜窗声。

捣练子

吕本注:"出升庵《词林万选》。"刘笺云:"案此阕旧钞本、侯本并不载,当是吕氏校刊附益。"

《草堂诗余》题作"闺情"。

朱本据杨慎说作《鹧鸪天》。

云鬓乱。晚妆残。带恨眉儿远岫攒。斜托香腮春笋嫩,为谁和泪倚阑干〔一〕。

〔一〕倚:吕本作"忆"。

《蕙风词话》:杨用修席芬名阀,涉笔瑰丽。自负见闻赅博,不恤杜撰肆欺。迹其忍俊不禁,信有奇思妙语,非寻常才俊所及。尝云:"李后主《捣练子》'深院静'、'云鬓乱'二阕,曩见一旧本,并是《鹧鸪天》:'塘水初澄似玉容。所思犹在别离中。谁知九月初三夜,露似珍珠月似弓。 深院静。小庭空。断续声随断续风。无奈夜长人不寐,数声和月到帘栊。''节候虽佳景渐阑。吴绫已暖越罗寒。朱扉日暮无风掩,一树藤花独自看。　　云鬓乱。晚妆残。带恨眉儿远岫攒。斜托香腮春笋嫩,为谁和泪倚阑干。'"以"塘水初澄"比方玉容,其为妙肖,匪夷所思。"云鬓乱"阕前段,尤能以画家白描法,形容一极贞静之思妇。绫罗间之暖寒,非深闺弱质、工愁善感者,体会不到。"一树藤花",确是人家庭院景物。曰"独自看",其殆《白华》之诗,无营无欲之旨乎? 扉无风而自掩,境至清寂,无一点尘。如此云云,可知远岫眉攒、倚阑和泪,皆是至真至正之情,有合风人之旨,即词境、词格亦与之俱高。虽重光复起,宜无间然。或议其向壁虚造,宁非固欤?

浣溪纱

此词见《历代诗余》及《全唐诗》,后主作。别见《阳春集》,《花草粹编》亦谓冯延巳作。

转烛飘蓬一梦归。欲寻陈迹怅人非。天教心愿与身违。　　待月池台空逝水,荫花楼阁谩斜晖〔一〕。登临不惜更沾衣。

〔一〕荫:《花草粹编》作"映"。

渔父(二首)

《渔父》二阕见《翰府名谈》、《诗话总龟》、《古今诗话》、《花草粹编》、《历代诗余》、《全唐诗》诸书,并作后主词。

《历代诗余》调作《渔歌子》。

《花草粹编》题作"题供奉卫贤《春江钓叟图》",注云:"金索书。"不知书名抑书法也。

王国维云:"二词笔意凡近,疑非后主作也。"又云:"彭文勤《五代史》注引《翰府名谈》:'张文懿家有《春江钓叟图》,卫贤画,上有李后主《渔父》词二首云云。'此即《全唐诗》、《历代诗余》之所本,但字句小有不同,兹从《五代史》注所引更正。"

《词谱》:"唐教坊曲名。按《唐书·张志和传》,志和居江湖,自称烟波钓徒。每垂钓不设饵,志不在鱼也。宪宗图真求其人,不能致。尝撰《渔歌》,即此词也。单调体实始于此。至双调体,昉自《花间集》,有顾敻、孙光宪、魏承班、李珣诸词可校……和凝词更名《渔父》,徐积词名《渔父乐》。"

浪花有意千重雪〔一〕,桃李无言一队春。一壶酒,一竿纶〔二〕。世上如侬有几人〔三〕。

〔一〕浪花有意:《花草粹编》、《词谱》并作"阆苑有情"。千重雪:《花草粹编》、《历代诗余》、《词谱》并作"千里雪"。

〔二〕纶:《诗话总龟》作"鳞",《花草粹编》、《历代诗余》、《词谱》并作"身"。

〔三〕世上:《花草粹编》、《历代诗余》、《词谱》并作"快活"。

又

《花草粹编》注:"见《五代画品补遗》。"

一棹春风一叶舟。一纶茧缕一轻钩〔一〕。

花满渚,酒满瓯。万顷波中得自由。

〔一〕氎:《历代诗余》、《花草粹编》并作"茧"。

开元乐

此词见苏东坡集,邵本有之。

心事数茎白发,生涯一片青山。空山有雪相待,野路无人自还。

《东坡全集》引此词云:李主好书神仙隐遁之词,岂非遭罹多故,欲脱世网而不得者耶?

附录　白朴《天籁集》词一首

水调歌头 感南唐故宫,檃括后主词

南郊旧坛在,北渡昔人空。残阳淡淡无语,零落故王宫。前日雕阑玉砌,今日遗台老树,尚想霸图雄。谁谓埋金地,都属卖柴翁。　　慨悲歌,怀故国,又东风。不堪往事多少,回首梦魂同。借问春花秋月,几换朱颜绿鬓,荏苒岁华终。莫上小楼上,愁满月明中。

诸家序跋

万历庚申谭尔进刊本《南唐二主词》题词

阳羡作《南唐书》，辞义严正。然于二主之文才，未尝不痛惜焉。尔时家国阴阴，如日将莫，二主乃别有一副闲心，寄之词调，竟以此获不朽矣。是集世所传南唐二主词，特其一斑也，读之皆凄怆悲动，亦复幽闲跌宕，如多态女子，如少年书生。落调纤华，吐心婉挚，竟为有情人案头不可少之书，异哉！嗣主少时，于庐山瀑布前构书斋，为他日终焉之计。及人渐之际，群鹤翔空，双龙据殿，此岂凡骨耶？后主少而聪颖，尤善属文，兼攻书画，至读其杂制诗及亲诔周后数百余语，转折流连，性柔材大，更非人所及也。予谓明道崇德之谥，未足为嗣主生色；违命侯之封，亦未足为后主减光。但使二主不为有国之君，居然慧业文人，自足风流千古，斯亦可为二主之定论也已。

万历庚申华朝谭尔进序并书，时年十七。

刘继增笺万历庚申吕远本《二主词》序

南唐二主词编辑缘起不可考。康熙二十八年，吾邑亦园侯氏文灿刻《名家词》十种，首列之，见王文简《居易录》、阮文达《四库未收书目》。近江阴金氏《粟香室丛书》所刻者，即其本也。此本卷末印记，为明万历四十八年春常熟吕远所刻，目录下缀陈直斋《书录解题》一条，其编次大略与侯本同。惟侯本分题中主、后主，此则前后连属，不分为异。《解题》有云："卷首四阕，《应天长》、《望远行》各一，《浣溪沙》二，中主作，余皆重光作。"盖宋时原本如此，故陈氏特表而出之。中间注引，似亦出宋人手。惟卷末《捣练子》一阕，侯本所无，注引升庵《词林万选》，乃明人书，疑不类。旋得汲古阁旧钞本，编次悉同，独无此阕，知为吕氏所补，非原有也。三本相校，吕本为长，侯本刻在吕本后六十九年，时地相近，而自序乃云："所刻诸词，见者绝少。"岂吕本当时印行未广，侯氏未之见邪？案《钦定词谱》成于康熙五十四年，中列南唐李景《望远行》词，注云："从二主词原本校定。"是当时原本固在。审所校字句虽与此本合，而此本后主词"亭前春逐红英尽"一阕，调为《采桑子》，《词谱》于此调注云："李煜词，名《丑奴儿令》。"又"晚妆初了明肌雪"一阕，调为《玉楼春》，《词谱》于此调注云："李煜词，名《惜春容》。"则所谓原本又一本矣。第此原本，《四库》既未著录，无从订证。吕氏此刻，虽在明季，尚存宋时之旧，好古家所当珍视者也。爰与旧钞本、侯本及诸选本校其异同而为之笺，凡校笺皆双行夹写，其原有校笺者，单行则仍之，双行则冠"原注"二字，别为《补遗》附于后。家鲜藏书，见闻狭隘，裨补阙略，尚俟博雅君子。

光绪庚寅中秋无锡刘继增。

《晨风阁丛书》本《二主词》王国维跋

右《南词》本《南唐二主词》，与常熟毛氏所钞、无锡侯氏所刻，同出一源，犹是南宋初辑本，殆即《直斋书录解题》所著录、宋长沙书肆所刊行者也。直斋云："卷首四阕，《应天长》、《望远行》各一，《浣溪沙》二，中主作。重光尝书之，墨迹在盱江晁氏。"今此本正同。又注中引曹功显节度、孟郡王、曾端伯诸人。案：功显，曹勋字，《宋史》勋本传以绍兴二十九年拜昭信军节度使，孝宗朝加太尉、提举皇城司、开府仪同三司，淳熙元年卒，赠少保。又《外戚传》，孟忠厚以绍兴七年封信安郡王，绍兴二十七年卒。曾端伯慥亦绍兴时人。以此数条推之，则编辑者当在绍兴之季，曹功显已拜节度之后，未加太尉之先也。且半从真迹编录，尤为可据，故如式写录，另为《补遗》及《校勘记》附后。诸本得失，览者当自得之。

宣统改元春三月海宁王国维记。

刘毓盘校《二主词》跋

陈振孙《直斋书录解题》曰："《应天长》、《望远行》各一，《山花子》二，南唐中主作。后主所书，墨迹在盱江晁氏，题云'先皇御制歌词'，余昔见之。于麦光纸上，作拨镫书，有晁景迂题字。"此宋本也。今传者有万历辛酉常熟吕远本、光绪庚寅无锡刘继增笺补吕本、康熙己巳无锡侯文灿《名家词》本、光绪丁亥江阴金武祥《粟香室丛书》重刻侯本、光绪辛卯平湖朱景行本、宣统己酉番禺沈宗畸《晨风阁丛书》本、海宁王国维校补沈本、杭州邵长光辑录稿本。吕、侯、沈三本编次同，皆曰出自宋本。王校据《宋史·外戚传》"孟忠厚以绍兴七年封信安郡王"，《曹勋传》"勋字功显，绍兴二十九年拜昭信军节度使"，定为南宋初辑本。金本无所是正。朱本以《永乐大典》录出之《全唐诗》为本，与各本编次不同。改《捣练子》为《鹧鸪天》，则杨慎说也。刘、邵二本所列最多，邵为未定本，皆以《阮郎归》、《蝶恋花》二者为可疑。案：吴昌绶《宋金元词集见存卷目》曰：武进董氏得彭文勤旧藏李西涯编《南宋》六十四家①，鲍廷博疑坊人所为者。侯刻《二主词》预焉。无《阮郎归》词，盖始见于吕本。黄昇《花庵词选》以《蝶恋花》为李冠作，此亦《寿域词》之有《菩萨蛮》，《栟榈词》之有《长相思》也，两存之可已。《草堂诗余》所录中主《浣溪沙》，则为晏殊作；吴任臣《十国春秋》注所录《帝台春》，则为李甲作；《尊前集》所录后主《更漏子》二，则为温庭筠作；《雪浪斋日记》所录"细雨湿流光"，则为冯延巳作，不独《鹧鸪天》之伪托焉。此不必补者也。《醉花间》、《临江仙》亦作《谢新恩》，此所当改者。以各本补正《大典》本，凡中主词三首，后主词四十六首，不全者三首（《谢

---

① 此处李东阳所编当为"《南词》六十四家"。——编者注

新恩》、《临江仙》二)。分列者四首(《忆江南》),并合者一首(《临江仙》"金窗"一句)。其曰或得于墨迹,或得于选本,必非直斋所谓长沙本也。证以白朴檃栝后主词,自"雕栏"、"春花"、"小楼"、"月明"数语外,不详其原词之所出。噫,乌从而得足本哉?

辛酉冬江山刘毓盘校毕并识。

刘氏以得于墨迹为非直斋所谓长沙本之证,然直斋正言墨迹在盱江晁氏,是刘氏之说未必有当也。圭璋附记。

附 录

附录

李璟、李煜词选释[*]

李璟

浣溪沙

手卷真珠上玉钩。依前春恨锁重楼。风里落花谁是主,思悠悠。　　青鸟不传云外信,丁香空结雨中愁。回首绿波三楚暮,接天流。

此首直抒胸臆,清俊宛转。其中情景融成一片,已不能显分痕迹。首句"手卷真珠",平平叙起,但所以卷帘者,则图稍释愁恨也,故此句看似平淡,实已含无限幽怨。次句承上,凄苦尤甚,盖欲图销恨,而恨依然未销也,两句自为开合。下文更从"依前春恨"句宕开,原恨所以依然未销者,则以帘外落花,风飘无主耳;花落无主,人去亦无主,故见落花,又不禁引起悠悠遐思矣。换头,承"思悠悠"来,一

---

[*] 摘自唐圭璋《唐宋词简释》。

句远,一句近,两句亦自为开合,所思者何,云外之人也,云外之人既不至,云外之信亦不至,其哀伤为何如。"丁香"句,又添出雨中景色,花愈离披,春愈阑珊,愁愈深切矣。"回首"两句,别转江天茫茫之景作结,大笔振迅,气象雄伟,而悠悠此恨,更何能已。通首一气蝉联,刀挥不断,而清空舒卷,跌宕昭彰,洵可称词中神品。

附录

浣溪沙

菡萏香销翠叶残。西风愁起绿波间。还与容光共憔悴,不堪看。　　细雨梦回鸡塞远,小楼吹彻玉笙寒。多少泪珠何限恨,倚阑干。

此首秋思词。首两句,从景物凋残写起,中间已含有无穷悲秋之感。"还与"两句,触景伤情,拍合人物。"不堪看"三字,笔力千钧,沉郁之至,较之李易安"人比黄花瘦"句,诚觉有仙凡之别。换头,别开一境,似断实连,一句远,一句近,作法与前首同。梦回细雨,凝想人在塞外,怅惘已极,而独处小楼,惟有吹笙以寄恨,但风雨楼高,吹笙既久,致笙寒凝水,每不应律,两句对举,名隽高华,古今共传。陆龟蒙诗云"妾思正如簧,时时望君暖",中主词意正用此;而少游"指冷玉笙寒"句,则又从中主翻出。或谓玉笙吹彻,小楼寒侵,则非是也。末两句承上,申述悲恨。"倚阑干"三字结束,含蓄不尽。

李　煜

一斛珠

　　晓妆初过。沉檀轻注些儿个。向人微露丁香颗。一曲清歌，暂引樱桃破。　　罗袖裛残殷色可。杯深旋被香醪涴。绣床斜凭娇无那。烂嚼红茸，笑向檀郎唾。

　　此首咏佳人口。起两句，写佳人口注沉檀。"向人"三句，写佳人口引清歌。换头，写佳人口饮香醪。末三句，写佳人口唾红茸。通首自佳人之颜色服饰，以及声音笑貌，无不描画精细，如见如闻。

附录

浣溪沙

　　红日已高三丈透。金炉次第添香兽。红锦地衣随步皱。　　佳人舞点金钗溜。酒恶时拈花蕊嗅。别殿遥闻箫鼓奏。

此首写江南盛时宫中歌舞情况。起言红日已高,点外景。次言金炉添香,地衣舞皱,皆宫中事。换头承上,极写宴乐。金钗舞溜,其舞之盛可知;花蕊频嗅,其醉之甚可知。末句,映带别殿箫鼓,写足处处繁华景象。

玉楼春

晚妆初了明肌雪。春殿嫔娥鱼贯列。笙箫吹断水云间,重按《霓裳》歌遍彻。　临风谁更飘香屑。醉拍阑干情未切。归时休放烛花红,待踏马蹄清夜月。

此首亦写江南盛时景象。起叙嫔娥之美与嫔娥之众,次叙春殿歌舞之盛。下片,更叙殿中香气氤氲与人之陶醉。"归时"两句,转出踏月之意,想见后主风流豪迈之襟抱,与"花间"之局促房栊者,固自有别也。

附录

菩萨蛮

花明月暗笼轻雾。今宵好向郎边去。刬袜步香阶。手提金缕鞋。　　画堂南畔见,一向偎人颤。奴为出来难。教郎恣意怜。

此首写小周后事。起点夜景,次述小周后匆遽出宫之状态。下片,写相见相怜之情事,景真情真,宛转生动。"奴为"两句,与牛给事之"须作一生拚,尽君今日欢",同为狎昵已极之词。他如"潜来珠锁动,惊觉银屏梦","眼色暗相钩,秋波横欲流"诸词,亦皆实写当日情事也。

望江南

闲梦远,南国正芳春。船上管弦江面绿,满城飞絮混轻尘。忙杀看花人。

此首写江南春景。"船上"句,写江南春水之美,及船上管弦之盛。"满城"句,写城中花絮之繁,九陌红尘与漫天之飞絮相混,想见宝马香车之喧,与都城人士之狂欢情景。末句,揭出倾城看花。亦可见江南盛时上下酣嬉之状。

附录

望江南

闲梦远,南国正清秋。千里江山寒色远,芦花深处泊孤舟。笛在月明楼。

此首写江南秋景,如一幅绝妙图画。"千里"句,写秋来江山之寥廓,与四野之萧条。"芦花"句,写远岸芦花之盛,与孤舟相映,情景兼到。末句,写月下笛声,尤觉秋思洋溢,凄动于中。孤舟,见行客之悲秋;笛声,见居人之悲秋。张若虚诗云"谁家今夜扁舟子,何处相思明月楼",亦兼写行客与居人两面。后主词,正与之同妙。

清平乐

别来春半。触目愁肠断。砌下落梅如雪乱。拂了一身还满。　雁来音信无凭。路遥归梦难成。离恨恰如春草,更行更远还生。

此首即景生情,妙在无一字一句之雕琢,纯是自然流露,丰神秀绝。起点时间,次写景物。"砌下"两句,即承"触目"二字写实。落花纷纷,人立其中;境乃灵境,人似仙人。拂了还满,既见落花之多,又见描摹之生动。愁肠之所以断者,亦以此故。中主是写风里落花,后主是写花里愁人,各极其妙。下片,承"别来"二字深入,别来无信一层,别来无梦一层。着末,又融合情景,说出无限离恨,眼前景,心中恨,打并一起,意味深长。少游词云:"倚危亭,恨如芳草,萋萋刬尽还生。"周止庵以为神来之笔,实则亦袭此词也。

附录

乌夜啼

昨夜风兼雨,帘帏飒飒秋声。烛残漏断频欹枕,起坐不能平。　　世事漫随流水,算来一梦浮生。醉乡路稳宜频到,此外不堪行。

此首由景入情,写出人生之烦闷。夜来风雨无端,秋声飒飒,此境已令人愁绝,加之烛又残,漏又断,伤感愈甚矣。"起坐不能平"句,写尽抑郁塞胸,展转无眠之苦。换头,承上抒情,言旧事如梦,不堪回首。末两句,写人世茫茫,众生苦恼,尤为沉痛。后主词气象开朗,堂庑广大,悲天悯人之怀,随处流露。王静安谓:"道君不过自道身世之戚,后主则俨有释迦、基督担荷人类罪恶之意。"其言良然。

望江南

多少恨,昨夜梦魂中。还似旧时游上苑,车如流水马如龙。花月正春风。

此首忆旧词,一片神行,如骏马驰坂,无处可停。所谓"恨",恨在昨夜一梦也。昨夜所梦者何?"还似"二字领起,直贯以下十七字,实写梦中旧时游乐盛况。正面不著一笔,但以旧乐反衬,则今之愁极恨深,自不待言。此类小词,纯任性灵,无迹可寻,后人亦不能规摹其万一。

附录

望江南

多少泪,断脸复横颐。心事莫将和泪说,凤笙休向泪时吹。肠断更无疑。

此首直揭哀音,凄厉已极。诚有类夫春夜空山,杜鹃啼血也。断脸横颐,想见泪流之多。后主在汴,尝谓此中日夕,只以眼泪洗面,正可与此词印证。心事不必再说,撇去一层;凤笙不必再吹,又撇去一层。总以心中有无穷难言之隐,故有此沉愤决绝之语。"肠断"一句,承上说明心中悲哀,更见人间欢乐,于己无分,而苟延残喘,亦无多日。真伤心垂绝之音也!

破阵子

四十年来家国,三千里地山河。凤阁龙楼连霄汉,玉树琼枝作烟萝。几曾识干戈。　一旦归为臣虏,沈腰潘鬓销磨。最是仓皇辞庙日,教坊犹奏别离歌。挥泪对宫娥。

此首后主北上后追赋之词。上片,极写当年江南之豪华,气魄沉雄,实开宋人豪放一派。换头,骤转被虏后之凄凉,与被虏后之憔悴。今昔对照,警动异常。"最是"三句,忽忆当年临别时最惨痛之事。当年江南陷落之际,后主哭庙,宫娥哭主,哀乐声、悲歌声、哭声合成一片,直干云霄,宁复知人间何世耶!后主于此事,印象最深,故归汴以后,一念及之,辄为肠断。论者谓此词凄怆,与项羽拔山之歌,同出一揆。后主聪明仁恕,不独笃于父子昆弟

附录

夫妇之情,即臣民宫娥,亦无不一体爱护。故江南人闻后主死,皆巷哭失声,设斋祭奠。而宫娥之入掖庭者,又手写佛经,为后主资冥福。亦可见后主感人之深矣。

捣练子

深院静,小庭空。断续寒砧断续风。无奈夜长人不寐,数声和月到帘栊。

此首闻砧而作。起两句,叙夜间庭院之寂静。"断续"句,叙风送砧声,庭愈空,砧愈响,长夜迢迢,人自难眠,其中心之悲哀,亦可揣知。"无奈"二字,曲笔径转,贯下十二字,四层含意。夜既长,人又不寐,而砧声、月影,复并赴目前,此境凄迷,此情难堪矣。杨升庵谓此乃《鹧鸪天》下半阕。然平仄不合,杨说殊不可信。

附录

相见欢

无言独上西楼。月如钩。寂寞梧桐深院锁清秋。　　剪不断。理还乱。是离愁。别是一般滋味在心头。

此首写别愁,凄婉已极。"无言独上西楼"一句,叙事直起,画出后主愁容。其下两句,画出后主所处之愁境。举头见新月如钩,低头见桐阴深锁,俯仰之间,万感萦怀矣。此片写景亦妙,惟其桐阴深黑,新月乃愈显明媚也。下片,因景抒情。换头三句,深刻无匹,使有千丝万缕之离愁,亦未必不可剪、不可理,此言"剪不断,理还乱",则离愁之纷繁可知。所谓"别是一般滋味",是无人尝过之滋味,惟有自家领略也。后主以南朝天子,而为北地幽囚;其所受之痛苦、所尝之滋味,自与常人不同。心头所交集者,不知是悔是恨,欲说则无从说起,且亦无人可说，故但云"别是一般滋味"。究竟滋味若何，后主且不自知，何况他人？此种无言之哀，更胜于痛哭流涕之哀。

附录

相见欢

林花谢了春红。太匆匆。无奈朝来寒雨晚来风。　　胭脂泪。相留醉。几时重。自是人生长恨水长东。

此首伤别,从惜花写起。"太匆匆"三字,极传惊叹之神。"无奈"句,又转怨恨之情,说出林花所以速谢之故。朝是雨打,晚是风吹,花何以堪,人何以堪,说花即以说人,语固双关也。"无奈"二字,且见无力护花,无计回天之意,一片珍惜怜爱之情,跃然纸上。下片,明点人事,以花落之易,触及人别离之易,花不得重上故枝,人亦不易重逢也。"几时重"三字轻顿;"自是"句重落。以水之必然长东,喻人之必然长恨,语最深刻。"自是"二字,尤能揭出人生苦闷之义蕴。此与"此外不堪行","肠断更无疑"诸语,皆以重笔收束,沉哀入骨。

虞美人

风回小院庭芜绿。柳眼春相续。凭阑半日独无言。依旧竹声新月似当年。　　笙歌未散尊前在。池面冰初解。烛明香暗画楼深。满鬓清霜残雪思难任。

此首忆旧词。起点春景,次入人事。风回柳绿,又是一年景色,自后主视之,能毋增慨。凭阑脉脉之中,寄恨深矣。"依旧"一句,猛忆当年今日。景物依稀,而人事则不堪回首。下片承上,申述当年笙歌饮宴之乐。"满鬓"句,勒转今情,振起全篇。自摹白发穷愁之态,尤令人悲痛。

附录

子夜歌

人生愁恨何能免。销魂独我情何限。故国梦重归。觉来双泪垂。　高楼谁与上。长记秋晴望。往事已成空。还如一梦中。

此首思故国,不假采饰,纯用白描。但句句重大,一往情深。起句两问,已将古往今来之人生及己之一生说明。"故国"句开,"觉来"句合,言梦归故国,及醒来之悲伤。换头,言近况之孤苦。高楼独上,秋晴空望,故国杳杳,销魂何限!"往事"句开,"还如"句合。上下两"梦"字亦幻,上言梦似真,下言真似梦也。

浪淘沙

往事只堪哀。对景难排。秋风庭院藓侵阶。一桁珠帘闲不卷,终日谁来。 金剑已沉埋。壮气蒿莱。晚凉天净月华开。想得玉楼瑶殿影,空照秦淮。

此首念秣陵。上片,白昼凄清状况,哀思弥切。起两句,总括全篇。"秋风"一句,补实上句难排之景。秋风袅袅,苔藓满阶,想见荒凉无人之情,与当年"春殿嫔娥鱼贯列"之盛较之,真有天渊之别。"一桁"两句,极致孤独之哀。后主入汴以后之生活,于此可见。换头,自叹当年之意气,都已销尽。"晚凉"一句,点月出。"想得"两句,因月生感,怅望无极。月影空照秦淮,画出失国后之惨淡景象。

附录

虞美人

春花秋月何时了。往事知多少。小楼昨夜又东风。故国不堪回首月明中。　雕阑玉砌应犹在。只是朱颜改。问君能有几多愁。恰似一江春水向东流。

此首感怀故国,悲愤已极。起句,追维往事,痛不欲生;满腔恨血,喷薄而出:诚《天问》之遗也。"小楼"句承起句,缩笔吞咽;"故国"句承起句,放笔呼号。一"又"字惨甚。东风又入,可见春花秋月,一时尚不得遽了。罪孽未满,苦痛未尽,仍须偷息人间,历尽磨折。下片承上,从故国月明想入,揭出物是人非之意。末以问答语,吐露心中万斛愁恨,令人不堪卒读。通首一气盘旋,曲折动荡,如怨如慕,如泣如诉。

浪淘沙

帘外雨潺潺。春意阑珊。罗衾不耐五更寒。梦里不知身是客，一晌贪欢。　独自莫凭阑。无限江山。别时容易见时难。流水落花春去也，天上人间。

此首殆后主绝笔，语意惨然。五更梦回，寒雨潺潺，其境之黯淡凄凉可知。"梦里"两句，忆梦中情事，尤觉哀痛。换头宕开，两句自为呼应，所以"独自莫凭阑"者，盖因凭阑见无限江山，又引起无限伤心也。此与"心事莫将和泪说，凤笙休向泪时吹"，同为悲愤已极之语。辛稼轩之"休去倚危阑，斜阳正在烟柳断肠处"，亦袭此意。"别时"一句，说出过去与今后之情况。自知相见无期，而下世亦不久矣。故"流水"两句，即承上申说不久于人世之意，水流尽矣，花落尽矣，春归去矣，而人亦将亡矣。将四种了语，并合一处作结，肝肠断绝，遗恨千古。

附录

李后主评传

中国讲性灵的文学，在诗一方面，第一要算十五《国风》。儿女喁喁，真情流露，并没有丝毫寄托，也并没有丝毫虚伪。在词一方面，第一就要推到李后主了。他的词也是直言本事，一往情深；既不像《花间集》的浓艳隐秀，蹙金结绣，也没有什么香草美人，言此意彼的寄托。加之他身为国主，富贵繁华到了极点；而身经亡国，繁华消歇，不堪回首，悲哀也到了极点，正因为他一人经过这种极端的悲乐，遂使他在文学上的收成，也格外光荣而伟大。在欢乐的词里，我们看见一朵朵美丽之花；在悲哀的词里，我们看见一缕缕的血痕泪痕。王元美的《艺苑卮言》说："《花间》犹伤促碎，至南唐李王父子而妙矣！"这大概是讲他欢乐时候的言情作品。王国维的《人间词话》说："词至李后主而眼界始大，感慨遂深。"这大概是讲他亡国后的感旧作品。他二人皆能扫除余子，独尊后主，可算是有卓识的赏鉴家。在后主之后一百多年,有女词人李易安;五百多年,有纳兰容若,他们二人词的情调,都类似后主。所以谈文学的谈到二人的词,每每联想到先前的李后主。如沈东江说:"男中李后主,女中李易安,极是当行本色。"陈其年说:"《饮水词》哀感顽艳,得南唐二主之遗。"现在关于李易安的《漱玉词》和纳兰容若的《饮水词》,都已有人说到;而对于这位先进的伟大作家,却尚没见人仔细谈过,因此我于吟诵之余,来讨论他一番。

李后主初名从嘉,后改名煜,字重光,别号莲峰居士,又号钟山隐士。中主李璟第六子。生于公元九百三十七年七月七日。广额,丰颊,骈齿,一目有重瞳子。他生小就禀赋天才,非常的聪慧。后来长成,各样都工。

工音律 《五国故事》记后主曾创《念家山曲破》和《振金铃曲破》。《碧鸡漫志》又载他曾和昭惠周后详定过《霓裳羽衣曲》。

工画 《太平清话》说他善墨竹,又工翎毛。江南大寺里面多有后主所画罗汉佛像。

工书 后主所用澄心堂纸、李廷珪墨、龙尾石砚,当时号称天下第一。所创书法有三种:

(一)金错刀:书法作颤笔樛曲的状态,遒劲如寒松、霜竹。

（二）摄襟书：后主写大字，卷帛作笔，能自然如意，当时号称"摄襟书"。

（三）拨镫书：即八字法，有擫、压、钩、揭、抵、拒、导、送八种字法。

他不止于郑虔的三绝，真可算得"南朝天子爱风流"了。他喜欢藏书画，钟、王墨迹和珍奇的图籍，充满宫中。他又喜欢结交文士，又相信佛法，时常请沙门演讲。我们看这些形迹，很像是合梁武帝、陈后主为一人的。但他的品格，却高出他们之上而不可以相提并论。他父亲在时，他被封为吴王；到了宋建隆二年六月，他继续他父亲在金陵登极。在位十七年。这十七年当中，他的生活极为甜蜜，日日听歌看舞，左右不离珠围翠绕，到处的宫殿，都有异香绸缊。他所用的香器香法，都很珍异：

香器 焚香之器，相传有几十种，都是拿金玉做的：如把子莲、三云凤、折腰狮子、小三神、卍字金凤口罂、玉太古、容华鼎。

香法 洪刍《香谱》载李王帐中香法，用丁香、馥香沉香、檀香、麝香各一两，甲香三两，细锉；另外鹅梨十枚，研取汁于银器内蒸三次，梨汁一干，就可用了。

至于宫嫔的妆饰,也极新奇,《南唐书》所载的几种略说如下:

北苑妆　宫嫔涂金在面上,另外把建阳进贡来的花饼贴在额上,这便叫做"北苑妆"。

天水碧　后主姬妾喜欢染衣碧色,就把夜间露水收来,染成碧色,当时号称"天水碧"。

扎纤弓　后主有一宫嫔名窅娘,舞得极好,后主因为她作一金莲,高六尺,外面拿了许多珠宝缠绕起来;金莲中间,作出瑞云来,便叫窅娘拿绸子把脚缠得纤小,像新月一样,然后在莲花中舞动,真有凌云的姿态。因她一来,大家都摹仿起来,所以唐镐诗道:"莲中花更好,云里月常新。"便是咏的这回事。

还有几件奢侈的事实,也足以看出他爱风流的一斑,试说如下:

饰月宫　后主每七夕延巧,曾拿百余匹红白罗,做成月宫天河的状态。

制洞天　后主每当春盛时,把那些梁栋窗壁、柱栱阶砌,都作成隔筒,密密地插上了无数的杂花,叫做"锦洞天"。

建密室　后主在清晖殿后,建澄心堂为朝廷内

附录

地,与徐游等流连酬咏,更相唱和。

悬宝珠 宋大将在江南获得后主宠姬,她夜里见灯就嫌烟气,闭了眼睛,换了蜡烛,还是嫌烟气。问她在南方是点什么的,她说甚么也不点,只悬大宝珠,光照一室,和白天一样。

后主虽然这样尽情地享乐,但是他至性过人,对于家庭,对于人民,无不以仁爱为归。我们看他的事实,便处处可以证明了。

爱亲 《南唐书》说后主天资纯孝,事元宗极尽子道,徐铉也说元宗诸子皆孝,而后主特甚。当元宗病的时候,亲侍汤药,衣不解带;后来元宗死了,他哀毁过甚,扶杖然后能起,这也可见他的孝心了。

爱弟 开宝初年,弟从镒出镇宣州,后主在绮霞阁饯送,并作序作诗送他。他的序说:"秋山滴翠,秋江澄空;扬帆迅征,不远千里;之子于迈,我劳如何!"他的诗也道:"君驰桧楫情何极,我凭阑干日向西。咫尺烟江几多地,不须怀抱重凄凄。"都写得黯然神伤,后来弟从善入宋不能归,他也是北望凄然,尝制《却登高文》,内有"原有鹡兮相从飞,嗟予季兮不来归"之句,也可见怀想之深了。

爱妻 后主先宠昭惠周后,同定曲谱,宠嬖专房。死后,自制诔词,刻于石上,又作书数千言,语极酸楚,自称"鳏夫煜",又把后所爱金屑檀槽琵琶与后同葬。当周后卧病的时候,周后妹即入宫中,后主有词记当时的情事,道:"花明月黯飞轻雾。今朝好向郎边去。刬袜出香阶。手提金缕鞋。　　画堂南畔见。一向偎人颤。奴为出来难。教君恣意怜。"后来周后成礼的时候,当朝的群臣,自韩熙载以下,都作诗讥讽他,而后主并不责备他们。小周后被宠过于昭惠后,后主尝于群花中作一红罗亭子,雕镂极华丽,但极迫小,仅能容二人,后主即与后酣饮其间。

爱子　后主次子名仲宣,小字瑞保。仲宣四岁的时候,一天,在佛像前游戏,忽大琉璃灯被猫碰碎,堕地的声音很大,竟把仲宣吓死。后主也很伤心,常默坐饮泣,自己曾有诗悼他:"空王应念我,穷子正迷家。"读过又读,连在旁的侍臣,都感动泣下。

爱臣民　他对于群臣,都想他们和衷共济,不想听他们有过。若是有人递章疏纠谪,他总是不予追究,犯死刑的,总是减轻。

爱物　《江表志》说他奉佛,多不茹荤,时常买了大批禽鱼来,叫做放生。有一次后主在青龙山打猎,看见一猿猴叩头下泪,屡次看它的腹部,后主知道它是要生产了,因叫人守它。果然,当晚就生了

附录

两个小猴。

后主虽然这样仁爱,但是总打消不了敌人的野心。(对宋朝)后主屡送金珠彩缎,动辄以万计,总想免于征服。但是宋太祖以为天下一家,卧榻之侧,不容他人鼾睡,于是兼程并进,不稍宽假。后主初想一战,后想自焚,但终于不能自决,领了殷崇义等四十五人,肉袒出降。在围城中,曾作一词:

> 樱桃落尽春归去,蝶翻轻粉双飞。子规啼月小楼西。玉钩罗幕,惆怅暮烟垂。　　别巷寂寥人去后,望残烟草低迷……

此词未作成,而城已破,临行之时,又作《破阵子》词,极其哀痛:

> 四十年来家国,三千里地山河。凤阁龙楼连霄汉,玉树琼枝作烟萝。几曾识干戈!　　一旦归为臣虏,沈腰潘鬓销磨。最是仓皇辞庙日,教坊犹奏别离歌。挥泪对宫娥!

出降那天,正是细雨蒙蒙,舟渡江中的时候,后主望

石城,泣下沾襟,作了一首诗道①:

> 江南江北旧家乡。三十年来梦一场。吴苑官闱今冷落,广陵台殿已荒凉。云笼远岫愁千片,雨打归舟泪万行。兄弟四人三百口,不堪闲坐细思量。

后主到了汴京,白衣纱帽见太祖,愧愤已极。居赐第中,贫病交并,曾与金陵旧宫人书道:"此中日夕,只以眼泪洗面。"也可见他的苦况了。这时他念嫔妾散落,也作了几首绝妙好词,直传到现在,后来的结局,便是徐铉探问的一段惨剧。

有一次宋太宗问徐铉道:"你近来看见李煜么?"徐铉说:"如今我是宋朝的臣子,岂敢私自见他呢?"太宗说:"现在我派你去,你去无妨。"徐铉到了后主那里,有一老吏守门。老吏进报以后,徐铉站在庭中。不多时,后主戴了纱帽,穿着道袍出来,把徐铉迎接上去。徐铉要拜,后主说:"今日还行此礼吗?"后来他们相抱痛哭,过了一刻,后主叹了一口气道:"从前不该把潘佑、李平两员战将杀了。"徐

---

① 郑文宝以为是杨溥诗。

附录

铉回去,把这话告诉太宗,太宗于是叫人赐他牵机药,叫他自尽。牵机药是一种毒药,服下去以后,人会前仰后合,结果头足相就而死。这一代风流糊涂天子,想不到就有这样惨酷的结局!他活了四十二岁,生于七月七日,死时亦是七月七日,这倒很是奇怪。

他死后,宋太宗封他为吴王,葬于洛京的北邙山。江南人听到他死的消息,多有巷哭的,也有设斋祭奠的。小周后自他死后,悲哀过甚,不久也就死了。

他的著述,相传有《杂说》百篇,当时以为可比曹丕的《典论》。又有集十卷,今皆失传。传于今的,只是一些零星的诗词,诗也很好,词在文学的领域上,尤能放出万丈的光焰来。

今传后主词的刊本,共有好几种:

毛晋汲古阁旧钞本
沈宗畸《晨风阁丛书》《南词》本
侯文灿《名家词》本
金武祥《粟香室丛书》本(据侯本)
刘继曾校笺本(据明吕远本)
赵万里影印明本

朱景行《大典》本

邵长光辑录本

王国维补校本

刘毓盘校本

唐圭璋汇笺本

王仲闻校订本

现传后主的词,共有四十六首,其间还恐有他人溷入的。至其词的佳妙,历来谈论的很多,今择出尤重要的评论,以供观览:

沈去矜《填词杂说》云:"余尝谓李后主拙于治国,在词中犹不失为南面王。觉张郎中、宋尚书,直衙官耳。"

纳兰成德《渌水亭杂识》云:"《花间》之词,如古玉器,贵重而不适用。宋词适用而少贵重。李后主兼有其美,更饶烟水迷离之致。"

余怀《玉琴斋词序》云:"李重光风流才子,误作人主,致有入宋牵机之恨。其所作之词,一字一珠,非他家所能及也。"

周稚圭《词评》云:"予谓重光天籁也,恐非人力所及。"

周济《介存斋论词》云:"李后主词如生马驹,不

附录

受控捉。"又云:"毛嫱西施,天下美妇人也。严妆佳,淡妆亦佳,粗服乱头,不掩国色。飞卿,严妆也;端己,淡妆也;后主则粗服乱头矣。"

谭献评《词辨》云:"后主之词,足当太白诗篇,高奇无匹。"

陈廷焯《白雨斋词话》云:"后主词思路凄惋,词场本色,不及飞卿之厚,自胜牛松卿辈。……余尝谓后主之视飞卿,合而离者也。端己之视飞卿,离而合者也。"又云:"李后主、晏叔原皆非词中正声,而其词则无人不爱,以其情胜也。情不深而为词,虽雅不韵,何足感人!"

冯煦《六十一家词选例言》云:"词至南唐,二主作于上,正中和于下,诣微造极,得未曾有。宋初诸家,靡不祖述二主,宪章正中。譬之欧、虞、褚、薛之书,皆出逸少。"

王鹏运《半塘老人遗稿》曰:"莲峰居士词,超逸绝伦,虚灵在骨。芝兰空谷,未足比其芳华;笙鹤瑶天,讵能方兹清怨。后起之秀,格调气韵之间,或月日至得十一于千百。若小晏,若徽庙,其殆庶几。断代南渡,嗣音阒然。盖间气所钟,以谓词中之帝,当之无愧色也。"

王国维《人间词话》云:"温飞卿之词,句秀也;

韦端己之词,骨秀也;李重光之词,神秀也。"

观以上诸人的评论,可知后主之伟大,现在再分描写、抒情两项来讨论:

(一)描写 后主词有写人的,有写落花的,有写月的,有写山水的,各极其妙。写人的,如《长相思》说:

> 云一缎。玉一梭。淡淡衫儿薄薄罗。轻颦双黛螺。　秋风多。雨相和。帘外芭蕉三两窠。夜长人奈何。

上叠写出美人的颜色服饰,轻盈袅娜,正是一个"梨花一枝春带雨"的美人。而后叠拿风雨的愁境,衬出人的心情,浓淡相间,深刻无匹。又如《捣练子》说:

> 云鬓乱,晚妆残。带恨眉儿远岫攒。斜托香腮春笋嫩,为谁和泪倚阑干?

这首所写的美人,不是严妆,也不是淡妆,是一个乱头粗服的美人,有"天寒翠袖薄,日暮倚修竹"的矜贵,而加上了愁恨的态度。写落花的如《清平

附录

乐》说：

> 别来春半。触目愁肠断。砌下落梅如雪乱。拂了一身还满。　雁来音信无凭。路遥归梦难成。离恨恰如春草,更行更远还生。

上半阕写落花,写花中的人,依稀隐约,情境逼真。《楚辞·九歌》的《湘君》说:"帝子降兮北渚,目眇眇兮愁予。袅袅兮秋风,洞庭波兮木叶下。"正与此有同样的妙处。下半阕写情,与写境相映,也更加生动。秦观的词道:"恨如芳草,萋萋刬尽还生。"正从后主的末句脱胎。写月的词,如《蝶恋花》说:

> 数点雨声风约住。朦胧淡月云来去。

前人写月的如黄山谷诗"吞月任行云",是说月在云外,云慢慢地把月吞进去。韦应物诗"流云吐华月",是说月在云里,云慢慢地把月吐出来。惟有后主此词,则兼写吞吐的境界。又有《望江梅》两首,一首写江南春时的境界,一首是写江南秋时的境界。写春时的词说：

闲梦远,南国正芳春。船上管弦江面绿,满城飞絮混轻尘。忙杀看花人。

写江南秋时的词说:

闲梦远,南国正清秋。千里江山寒色远,芦花深处泊孤舟。笛在月明楼。

写江南的芳春,水绿花繁,正与白居易的《忆江南》词"日出江花红似火,春来江水绿如蓝"相同。写江南的清秋,则是一幅山水平远的图画。

(二)抒情　所抒之情,不外在江南时欢乐之情与在宋都时悲哀之情。欢乐之情,如《浣溪沙》说:

红日已高三丈透。金炉次第添香兽。红锦地衣随步皱。　佳人舞点金钗溜。酒恶时拈花蕊嗅。别殿遥闻箫鼓奏。

又如《玉楼春》词说:

晚妆初了明肌雪。春殿嫔娥鱼贯列。笙箫吹断水云间,重按霓裳歌遍彻。　临春谁

附录

更飘香屑。醉拍阑干情味切。归时休放烛花红,待踏马蹄清夜月。

前首写早晨至日中笙歌醉舞的情形,后首写夜晚笙歌醉舞的情形,并写得富贵已极,而夜分踏马蹄于清夜月之下,尤觉豪迈风流。后主言情之作也很多,如《一斛珠》说:

晚妆初过。沉檀轻注些儿个。向人微露丁香颗。一曲清歌,暂引樱桃破。 罗袖裛残殷色可。杯深旋被香醪涴。绣床斜凭娇无那。烂嚼红茸,笑向檀郎唾。

这首词写人的妆饰,写人的服色,写人的狂醉,写人的娇态,并写得妖冶之至。余词如:

脸慢笑盈盈。相看无限情。(《菩萨蛮》)

眼色暗相钩。秋波横欲流。(《菩萨蛮》)

奴为出来难。教君恣意怜。(《菩萨蛮》)

所写也都缱绻缠绵,婉约多情。至于悲愁之情,是他亡国后的作品。屈子穷极而作《离骚》,李后主也因穷极而作他的《离骚》。他自迁宋都后,自然是事事不得自由,他看不见江南的人物风景,他也挽不回过去的青春,仅仅有自由的梦魂,时时去萦绕他的故国。他的词说:

> 往事只堪哀。对景难排。秋风庭院藓侵阶。一桁朱帘闲不卷,终日谁来。　金锁已沉埋。壮气蒿莱。晚凉天静月华开。想得玉楼瑶殿影,空照秦淮。(《浪淘沙》)

> 无言独上西楼。月如钩。寂寞梧桐深院锁清秋。　剪不断,理还乱,是离愁。别是一般滋味在心头。(《相见欢》)

可想见他孤独的悲哀,李易安所谓"寻寻觅觅,冷冷清清,凄凄惨惨戚戚"的生活,也正是他的写照。至于怀旧事的词,也很悲哀,如说:

> 多少恨,昨夜梦魂中。还似旧时游上苑,车如流水马如龙。花月正春风。(《望江南》)

附录

往事重温,惟有在片刻的梦中,此词"还似"二字直贯到底,写出当年春二三月宝马香车的盛况,其余怀念故国之词,如说:

> 春花秋月何时了。往事知多少。小楼昨夜又东风。故国不堪回首月明中。　雕阑玉砌应犹在。只是朱颜改。问君能有几多愁?恰似一江春水向东流。(《虞美人》)

> 人生愁恨何能免。销魂独我情何限。故国梦重归。觉来双泪垂。　高楼谁与上?长记秋晴望。往事已成空。还如一梦中。(《菩萨蛮》)

这两首词,大概是同时在汴京作的,直抒胸臆,把不堪回首的往事,尽情流露。这类词真是百转柔肠,令人无可奈何,最后他又有一首《浪淘沙》说:

> 帘外雨潺潺。春意阑珊。罗衾不耐五更寒。梦里不知身是客,一饷贪欢。　独自莫凭阑。无限江山。别时容易见时难。流水落花

春去也,天上人间。

一片血泪模糊之词,惨淡已极。深夜三更的鹃啼,巫峡两岸的猿啸,怕没有这样悲哀罢!宋徽宗被虏北行也作了一首《燕山亭》词,着末道:"万水千山……除梦里、有时曾去。无据。和梦也、新来不做。"这两位遭遇同等的"风流天子",前后如出一辙。《长恨歌》结尾说:"天长地久有时尽,此恨绵绵无尽期。"我们读他的词,也有这样的感想。后来词人,或刻意音律,或卖弄典故,或堆垛色彩,像后主这样纯任性灵的作品,真是万中无一。因此我们说后主词是空前绝后,也不为过分吧。

(初刊于《读书顾问》创刊号,1934年3月)

附录

屈原与李后主

屈原与李后主,并为我国伟大之文学家。今传之屈赋及后主词,纯任性灵,不假雕饰,真是字字血泪。其爱国爱民之思想与千回百折之情感,亦俱跃然纸上,如闻如见。昔梁任公尝谓杜甫为情圣,予谓屈原与后主亦情圣也。惟二人之个性不同,环境不同,故其所表现之文学,亦各异其情,各有真价。若感人之深,影响之大,千载以来,固无异言也。

人之秉赋,不外阳刚与阴柔两类,而文学作品,亦有阳刚之美与阴柔之美两类。善乎姚姬传之言云:"其得于阳与刚之美者,则其文如霆如电,如长风之出谷,如崇山峻崖,如决大川,如奔骐骥;其光也,如杲日如火,如金镠铁;其于人也,如凭高视远,如君而朝万众,如鼓万勇士而战之。其得于阴与柔之美者,则其文如升初日,如清风,如云如霞如烟,如幽林曲涧,如沦如漾,如珠玉之辉,如鸿鹄之鸣而入寥廓;其于人也,漻乎其如叹,邈乎其如有思,暖乎其如喜,愀乎其如悲。"此虽论文,然一切文艺,无不如是。屈原为阳刚作家,后主为阴柔作家。兹就其事迹及其文学作品,论其同异。既以见二人人格之高超,并以见二人文学之真美。忠义仁爱,原为我民族之美德;屈原之以身许国,至死不屈;与后主之悲天悯人,担荷罪恶,皆表现我民族精神之伟大。比较论列,更欲以激扬正气,扶植国本云。

况蕙风论词云:"'真'字是词骨。"实则他文亦然。惟"真"斯诚,诚则能感天地,泣鬼神。前人有读《蓼莪》之诗及《出师表》《陈情表》而堕泪者,尚有读《牡丹亭》《红楼梦》而伤心断肠者,岂非以其真情郁勃,而自起共鸣乎。屈原与后主之作,虽刚柔有异,然其伟大之处,亦全在一"真"字。古者臣之事君,犹赤子之事父母;君之视臣,犹父母之保赤子。沈德潜谓屈原之事君,如赤子之婉娈其父母;予谓后主之御臣民,亦如父母之慈爱其赤子。同本于赤诚挚爱,愿忍受千辛万苦,愿牺牲一己,以救祖国,以救人类。其精神之伟大,诚与宗教家无异也。观屈原之颜色憔悴,形容枯槁;后主之终日以泪洗面,谁不怜之悼之。其后屈原汨罗自沉,后主牵机被鸩,又谁不为之感叹歔欷,不能自已。又不仅千载后世之仁人义士,孤臣孽子,为之一洒同情之泪

附录

也。今先列一目,复以次论之:

　　　　　　屈原　后主
(一)天性:刚强　柔弱
(二)情感:怨愤　哀伤
(三)精神:奋斗　消沉
(四)生活:痛哭　饮泣
(五)态度:疯狂　麻醉
(六)思想:儒家　佛家

一　二人之天性

太史公谓屈原名平,屈原自序则谓名正则,字灵均。原、平、正、均,义皆相通。以此为名字,即表其刚正不阿,守死善道。《离骚》中以鸷鸟自喻,《九章》中以橘自喻,皆可见其坚贞不拔之志。平生以谗人离间之故,屡遭窜斥,然孤忠耿耿,独立不迁。《离骚》云"苟余情其信姱以练要兮,长颔颔亦何伤",《涉江》云"苟余心其端直兮,虽僻远之何伤",亦足明其刚强之性。《离骚》中更有不畏死之语,尤为强烈。如云:

亦余心之所善兮,虽九死其犹未悔。

宁溘死而流亡兮,余不忍为此态也。

虽体解吾犹未变兮,岂余心之可惩。

阽余身而危死兮,览余初其犹未悔。

皆万分恳挚,万分坚决。毫无妥协退让之余地,诚子舆氏所谓"威武不能屈"也。其后宁死不屈,决然自沉,亦足以表现其刚强之意志。若后主天性柔弱,则适与之相反。当强邻压境之时,后主无坚决抗战之志。惟宛转乞怜于敌人,俾不致生灵涂炭。每年进贡敌人白银、金器银器、锦绮绫罗、米麦茶丝,动以万计;但终不免敌人之侵略。又改江南国主印,改诸王为公,贬损仪制,去殿阙鸱吻,凡敌人之所逼令更张者,无不唯命是听,委曲求全。其后城危之时,本欲积薪自焚;但城既破,终于不能决然自焚,以致肉袒出降,亦以其天性柔弱之故也。故自行政用兵两面以论后主,实不足道;若自爱民之心迹言之、愿受痛苦愿负重罪之心迹言之,则实伟大。其《破阵子》云:

附录

四十年来家国,三千里地山河。凤阁龙楼连霄汉,玉树琼枝作烟萝。几曾识干戈? 一旦归为臣虏,沈腰潘鬓销磨。最是仓皇辞庙日,教坊犹奏别离歌。挥泪对宫娥。

可知其柔情缱绻之概,身为南朝天子,只知听歌看舞尽情享乐,并干戈而不识。迨城陷辞庙之日,犹不忍遏别,其情一何惨淡。后主哭庙,宫娥哭主,歌声哭声,直干云霄,宁复知有人间耶?后后主死,凶问传至江南,江南父老,咸巷哭失声,亦可见后主之柔惠在民,仁恩广被,无人不感激涕零也。

二 二人之情感

屈原以天性刚强,不受任何恶势力之侵逼,故其所发之感情,率为怨愤一路;后主以天性柔弱,甘受任何恶势力之侵逼,故其所发之感情,率为哀伤一路。怨则怨人,伤则自伤也。屈原所怨之人有三:一怨君,二怨党人,三怨国人。《离骚》云"惟夫党人之偷乐兮,路幽昧以险隘",此怨党人之蔽君也。又云"固时俗之工巧兮,偭规矩而改错",此怨国人之不行正道也。而怨君之情为尤甚。朱子谓屈原不甚怨君,殊非其实。太史公云:"信而见疑,忠而被谤,能无怨乎!"正言其怨。屈原亦自云"怨灵修之浩荡兮,终不察夫民心",其他若怨君之语,随处有之。盖君乃昏愦,导致国弱民困,自有怨言随处流露。《离骚》云"初既与余成言兮,后悔遁而有他",此怨君之反覆无常也。《惜诵》云"竭忠诚而事君兮,反离群而赘疣",此怨君之信谗不用也。《惜往日》一章,怨君不察之语尤多。如云:

君含怒而待臣兮,不清澄其然否。

弗参验以考实兮,远迁臣而弗思。

君无度而弗察兮,使芳草为薮幽。

弗省察而按实兮,听谗人之虚辞。

此外《离骚》中尚有诘问语气,亦足见其怨愤之深。如云:

何桀纣之昌披兮,夫惟捷径以窘步。

附录

何琼佩之偃蹇兮,众薆然而蔽之。

何昔日之芳草兮,今直为此萧艾也。

《天问》一篇,纯是怨怒声口。至《怀沙》则云"邑犬群吠兮,吠所怪也",以邑犬比群小,更是怨愤已极,出之以痛骂矣。后主不怨人,但日夕自伤而已。如其《浪淘沙》云"一桁珠帘闲不卷,终日谁来",伤终日无人过问也。《采桑子》云"欲寄鳞游。九曲寒波不溯流",伤音书难达也。又一首《采桑子》云"细雨霏微,不放双眉时暂开",伤愁恨难释也。至其《虞美人》一首,更是哀伤入骨、血泪模糊之词。词云:

> 春花秋月何时了。往事知多少。小楼昨夜又东风。故国不堪回首月明中。　雕阑玉砌应犹在。只是朱颜改。问君能有几多愁?恰似一江春水向东流。

问春花秋月何时可了,正是求速死也。但小楼昨夜东风又入,仍不得即死。罪孽未满,苦痛未尽,仍须偷息人间,遍遭磨折。下片从故国月明想入,揭出物是人非之感。最后以问答语,吐露胸中万斛愁肠,诚令人不堪卒读。王渔洋云:"锺隐入汴后,'春花秋月'诸词,与'此中日夕,只以眼泪洗面'一帖,同是千古情种。较长城公,煞是可怜。"喻其哀伤,殆三春三月之鹃声乎。若屈原其迅雷烈风乎。屈原情怨故音亢,后主情哀故音坠。亢则腾天,坠则潜渊,各有千古,畴能与抗。

三　二人之精神

屈原以天性刚强,故积极奋斗;后主以天性柔弱,故步步退让。积极奋斗,欲以救国救民;步步退让,亦欲以救国救民。无奈二人所遭遇者,一是冥顽不灵之主,一是残暴不仁之敌,故二人之精神虽伟大,而二人之志愿终不能达。奋斗至力竭声嘶时,惟有一死;退让至被虏被囚时,亦惟有一死。一则为国而死,死于忠义;一则为民而死,死于仁慈。死虽不同,不朽则一。屈原尝称尧、舜、禹、汤,伊尹、吕望,齐桓、秦穆,百里溪、甯戚诸人,盖欲竭智尽忠,辅其君以成王霸之业也。其文云:

附录

忽奔走以先后兮,及前王之踵武。(《离骚》)

望三五以为像兮,指彭咸以为仪(《抽思》)

其欲存君兴国之意,深切已极。其后虽遭失败,但终不灰心变志。故《离骚》云"余固知謇謇之为患兮,忍而不能舍也",明知忠言逆耳,直行召祸,仍不顾一切,奋斗到底,时盼君之能悟,俗之能改。《哀郢》云"过夏首而西浮兮,顾龙门而不见",《抽思》云"惟郢路之辽远兮,魂一夕而九逝",其思君之忱,一何真挚;而冀君悔悟之情,一何迫切。太史公称屈原死而不容自疏,亦可知其奋斗精神矣。若后主始无奋斗之志,后亦不思奋斗,但一味委心任运,听造化之播弄而已。平居岁月,只是无可奈何之岁月。其《捣练子》云"无奈夜长人不寐",《相见欢》云"无奈朝来寒雨晚来风",朝朝暮暮,只觉无奈。其消沉之况,信如《庄子》所谓"槁木死灰,嗒然若丧"者矣。消沉之极,难忘故国山河,难忘江南人物,难忘上苑风光。然难忘亦无法,惟有梦中一霎,寄其哀思。其《浪淘沙》云:

帘外雨潺潺。春意阑珊。罗衾不耐五更

寒。梦里不知身是客,一晌贪欢。　　独自莫凭阑。无限江山。别时容易见时难。流水落花春去也,天上人间。

此殆后主绝笔。五更梦回,寒雨潺潺,其境之凄寂、其情之消沉可知。梦中犹"一晌贪欢",哀痛更甚。下片言别易见难,盖亦自知其相见无期,离世在即矣。水流尽矣,花落尽矣,春归去矣,而人亦将亡矣。万事俱休,一切皆空,真肝肠断绝之音也。

四　二人之生活

屈原之中情怨愤,故被放后之生活,整日只是痛哭流涕。后主之中情哀伤,故被虏后之生活,整日只是饮泣吞声。屈赋云:

岂余身之惮殃兮,恐皇舆之败绩。(《离骚》)

怀朕情而不发兮,余焉能忍与此终古。(《离骚》)

退静默而莫余知兮,进号呼又莫吾闻。

附 录

(《惜诵》)

所非忠而言之兮,指苍天以为正。(《惜诵》)

皆声泪俱下之文字。至明言涕泪交流者,如《哀郢》云:"望长楸而太息兮,涕淫淫其若霰。"《悲回风》云:"涕泣交而凄凄兮,思不眠而极曙。"《悲回风》又云:"孤子吟而抆泪兮,放子出而不还。"屈原自喻孤子、放子,其心良苦矣。至后主终日以泪洗面,则泪流更多,其心更苦。惟二人同是泪人,一则为有声之泪,一则为无声之泪;一则如大股洪流骤遇石阻,则纡回冲激,日夜喧訇,一旦有隙,则洪流横决,顿呈崩腾澎湃之势。一则如古井寒潭,永久沉默;既无一丝声息,亦无一丝波纹。后主词云"凭阑半日独无言",可知其沉默之悲哀,亦极难恨。王铚《默记》载徐铉见后主一事,亦可知其生活概况也:

南唐徐铉归宋,事太宗。一日问:"曾见李煜否?"铉对曰:"臣安敢私见之。"上遂令往。铉望门下马,一老卒守门,徐言:"愿见太尉。"卒言:"有旨不得与人接。"铉云:"奉旨来。"卒往报。铉入,立庭下久之,卒取旧椅子相对。

铉遥谓卒曰:"但正衙一椅足矣。"顷间李王纱帽道服而出,铉方拜,遽下阶引其手以上。铉辞宾主,李曰:"今日岂有此礼。"铉引椅稍偏,乃敢坐。李默不言,忽长吁叹曰:"当时悔杀了潘佑、李平。"铉既去,有旨召对。铉不敢隐,遂有秦王赐牵机药之事。

此记后主生活,最为悲惨。门前只一老卒守门,则寂寥可知。有旨不得与人接,则不自由可知。再以其《相见欢》证之,则后主之饮泣吞声生活,愈可明矣。词云:

无言独上西楼。月如钩。寂寞梧桐深院锁清秋。　剪不断,理还乱,是离愁。别是一般滋味在心头。

"无言独上西楼"一句出,已画后主愁容,上是一钩新月,下是桐阴深黑,更画出后主所处之愁境。俯仰之间,万感萦怀,故离愁不可剪亦不可理。所谓别是一般滋味,乃非常人所尝过之滋味,而是后主自家领略者。后主以南朝天子而为北地幽囚,其所受之痛苦,所尝之滋味,自与常人不同。心头所交集者,或许有悔有恨,欲说则无从说起,且亦无人可说。故但云别是一般滋味,究竟滋味若何,后主自己且不能说出,何况他人。此种饮泣吞声之悲哀,更胜于痛苦流涕之哀已。

五　二人之态度

屈原久度此痛哭流涕之生活,故其态度,已如疯狂一般。而后主久度此饮泣吞声之生活,其态度则如麻醉一般。屈原所如不遂,所遇非人,中心之燃烧,已达白热程度。进退失据,去留无主,神志迷惘,不知所措,于是就女婴、灵氛、重华、巫咸等而陈词。又欲纵游县圃、咸池、扶桑、穷石、洧盘、昆仑、流沙、赤水等地,以舒其怨愤之怀。又驱使诸天神灵,如羲和、望舒、飞廉、丰隆、雷师等,为之开路。又驱使鸾凤、蛟龙等,为之先导。凡此皆足见其狂热之态,目眦欲裂,胸臆欲摧矣。其后问太卜,问渔父,亦可觇其披发疯狂之态也,最后终于绝望,惟有自沉,以了此生。《离骚》之结句云:

> 已矣哉! 国无人莫我知兮,又何怀乎故都? 既莫足与为美政兮,吾将从彭咸之所居!

一声长号,远离浊世。汨罗千载,犹闻呜咽。虽海石枯烂,而屈子之精神,则永弥漫于天壤间也。至后主态度,则异于是。当国危时,既不上下狂奔,亦不大声疾呼,但冷冷清清,惨惨戚戚,束手以待末日而已。其词如《望江南》云:

> 多少泪,断脸复横颐。心事莫将和泪说,凤笙休向泪时吹。肠断更无疑。

可见其昏沉麻醉之态。心事亦何必再说,凤笙亦何必再吹。人间欢乐,于己无分。抚今思昔,惟有肠断。不久太宗有牵机药之赐。一代宽仁之主,竟致头足相就而死,亦可哀矣。旧宫人乔氏闻后主死,日写佛经,为后主资冥福。事虽痴愚,然感念后主,不忘后主之深情,固可悯也。

六　二人之思想

屈原虽创剧痛深,而爱国爱民,肯定人生之思想,始终不变。后主以酷好浮屠,受佛家之影响甚深,故于创剧痛深之余,则有悲悯人类,否定人生之思想。《离骚》云"长太息以掩涕兮,哀民生之多艰",此忧民之苦也。《哀郢》云"信非吾罪而弃逐兮,何日夜而忘之",此日夜不忘救国救民也。至《怀沙》云"重仁袭义兮,谨厚以为丰",以仁义为重,亦明是儒家思想。若后主之《相见欢》云:

> 林花谢了春红。太匆匆。无奈朝来寒雨晚来风。　胭脂泪,相留醉,几时重。自是人生长恨水长东。

则根本以为人生毫无意义,人生总是苦闷的。以水之必然长东,以喻人之必然长恨,沉痛已极。又如《乌夜啼》云:

> 昨夜风兼雨,帘帏飒飒秋声。烛残漏断频欹枕,起坐不能平。　世事漫随流水,算来一梦浮生。醉乡路稳宜频到,此外不堪行。

亦写足人生之烦闷。夜来风雨无端,秋声飒飒,已令人愁绝,何况烛残漏断之时,伤感更甚矣。"起坐不能平"一句,写出展转无眠之苦来。下片回忆旧事,不堪回首。人世茫茫,人生若梦;无乐可寻,无路可行,除非一醉昏昏,或可消忧,不然无时无地不苦闷也。此种厌世思想,正与佛家相合;而悲悯人生之苦恼,亦俨同释迦云。

在我国古代文学史上,屈原为最早之大诗人,李后主为后来之大词人,自思想性方面观察,后主自不能与屈原相提并论;但后主词纯以白描手法,直抒内心极度悲痛,其高超之艺术造诣,感染后来无数群众,影响后来词学发展,此亦其不朽之处,似未可完全否定也。

(初刊于《时事新报·学灯》1943年4月)

附录

李后主知音

后主既工书画,复知音律。徐铉《墓志》云:"后主洞晓音律,精别雅郑,穷先王制作之意,审风俗淳薄之原,为文论之,以续《乐记》。"而徐公文集《御制杂说序》,亦谓后主以为百王之季,六乐道丧,移风易俗之用,荡而无止;慆心堙耳之声,流而不反,故演《乐记》。其欲以音乐转移风气之旨,由此可见。

至其乐曲之创作,有《念家山破》。马令《南唐书》谓后主妙于音律,旧曲有《念家山》,亲演为《念家山破》,其声焦杀,而其名不祥,乃破败之征。邵思《雁门野说》则谓《念家山》及《念家山破》皆后主所撰。宫中民间,日夜奏之。未及两月,即传满江南。《五国故事》记后主除造《念家山》曲外,又造《振金铃曲破》。言者取其要而言曰:"家山破,金陵破。"

后主昭惠后周氏,亦善音律。后主作《念家

山》,后亦作《邀醉舞》、《恨来迟新破》,皆行于时。二人又尝重订《霓裳羽衣曲》。此曲在唐之盛时,最为大曲。以罹乱,瞽师旷职,其音遂绝。后主独得其谱,乃与后变易讹谬,颇去哇淫,繁手新音,清越可听。故后主作后诔词云:"霓裳旧曲,韬音沦世。失味齐音,犹伤孔氏。故国遗声,忍乎湮坠。我稽其美,尔扬其秘。程度余律,重新雅制。非子而谁?诚吾有类。今也则亡,永从遐逝。"其商讨之密,与悼念之深,并可知矣。而《碧鸡漫志》引后主之诔词,则云:"《霓裳羽衣曲》,绵兹丧乱,极鲜闻者。获其旧谱,残缺颇甚。暇日与后详定,去彼淫繁,定其缺坠。"文字有异,当为原词之注文而今传失矣。

陆游《南唐书》谓后主与后好音律,因废政事。时监察御史张宪曾切谏,后主赐帛三十匹,以旌敢言;然耽嗜音律,并不为辍。高晦叟《珍席放谈》又记建康伶人李琵琶语,谓后主喜音艺,尝选教坊之尤者,号"别敕都知",日夕侍宴。其后宋师围城,后主犹未辍乐。观其《破阵子》词云:"最是仓皇辞庙日,教坊犹奏别离歌。挥泪对宫娥。"是其出降临行之际,犹未能忘情离曲。追入汴后,因七夕又命故妓在赐第作乐,声闻于外。致招太宗之忌,赐牵机

附录

药以死。一代词人,一生爱好艺术,凡书画音乐,无不精绝奇绝,卒致被鸩而死,亦可哀已。

(初刊于《中央日报》1947年6月14日)

李后主之豪侈

《五代史记》称后主性骄侈，好声色。马令《南唐书》亦称周后"侈靡之盛，冠于当时"。吾人读后主词"晚妆初了明肌雪，春殿嫔娥鱼贯列"，可见后主宫中嫔娥之众，及嫔娥服饰之美。读"金炉次第添香兽。红锦地衣随步皱"，可见后主宫中香气之盛，及歌舞之盛。而读"归时休放烛花红，待踏马蹄清夜月"，尤可见后主尽情享乐，惟日不足之豪情。至他书所记后主豪侈之事，亦不一而足，撮录一二，以见江南盛时之梦影。

每当春日，后主于梁栋窗壁、柱栱阶砌，并作隔筒，密插杂花，榜曰"锦洞天"。又尝于宫中，以销金红罗幂其壁，以白银钉玳瑁以押之。又以绿钿刷隔眼，糊以红罗，种梅花于其外。又于花间设彩画小木亭子，才容二人。后主与小周后对酌于其中。每当七夕延巧，则以红白罗百匹，做成月宫天河之状，平时宫中夜间，则悬宝珠。王铚《默记》，载江南大

附录

将获后主宠姬,见灯辄闭目,云:"烟气。"易以蜡烛,亦闭目,云:"烟气愈甚。"云:"宫中未尝点烛耶?"曰:"宫中本阁,至夜则悬大宝珠,光照一室如日中也。"

后主之宫嫔妆饰,异样亦多。《清异录》谓:"江南晚季,建阳进茶油花子,大小形制各别,极可爱。宫嫔缕金于面,皆以淡妆,以此花饼施于额上,号'北苑妆'。"《道山新闻》又记后主宫嫔窅娘缠足之事云:"后主作金莲,高六尺,饰以宝物、组带、缨络,莲中作五色瑞云。令窅娘以帛绕脚,令纤小屈上作新月状,素袜舞云中,回旋有凌云之态。"《方舆胜览》亦云:"本朝修李氏宫,掘地得水银数十斛,宫娥弃粉腻所积也。"凡此并可见后主纵情声色、豪侈无度之况。

宫中所焚之香,亦有特制之法,据洪刍《香谱》云:"江南李主帐中香法,用丁香、馝香、沉香、檀香、麝香各一两,甲香三两,细锉,加以鹅梨十枚,研取汁,于银器内盛却,蒸三次,梨汁干,即用之。"至其焚香之器,种类颇多。有把子莲、三云凤、折腰狮子、小三神、卍字金凤口罂、玉太古、容华鼎等名,皆金玉为之。后主豪侈如此,而贡宋又繁,于是帑藏空竭,国愈不支矣。

(初刊于《中央日报》1947年9月5日)

出版后记

《南唐二主词汇笺》是唐圭璋先生较早期的一部词学文献整理作品,初版于1936年(南京正中书局),后于1947年和1970年再版(分别由上海正中书局和台北正中书局出版)。此次再版,以唐圭璋先生家藏1936年版为底本重新排版,并附录唐先生《唐宋词简释》中"李璟、李煜"篇章以及专题文章《李后主评传》、《屈原与李后主》、《李后主知音》、《李后主之豪侈》。此外,我们还邀请南京师范大学文学院朱崇才教授撰写导言,置于卷首。

人民文学出版社编辑部

2022年6月